たまご和尚

浦沢義雄・文
タムラノボル・絵

リトル・モア

これは中華な国にまだカニタマがなかったころ、つまり大昔の物語です。

たまご和尚　もくじ

【その二】めずらしい赤《あか》ん坊《ぼう》

いまにもくずれ落ちそうな
荒《あれ》寺《でら》がありました。

「悪かったな」

寺には貧しい坊《ぼう》主《ず》が住んでいました。

「今夜は村はずれの、鳥を飼《か》う農家に
しのびこんでやる」

坊主は農家の家族が温泉へ行って
留《る》守《す》なのを知っていました。

「いろいろな鳥がいるもんだ……」

坊主は鳥小屋のいろいろな鳥ににらまれました。

「こわい……鳥はあきらめて卵を盗もう」

坊主は近くにあったいちばん大きな卵を持ちあげました。

「どうやら駝《だ》鳥《ちょう》の卵らしい。

その証拠に駝鳥が鳴きわめきながら襲《おそ》ってくる!」

坊主があわてて身をかがめました。

駝鳥は桶《おけ》に顔をつっこみ右《う》往《おう》左《さ》往《おう》しました。

坊主は駝鳥の卵を持っていちもくさんに逃げました。

「ここまで来ればだいじょうぶ」

坊主はあぜみちで立ちどまりました。

「おいしそうな卵だ」

坊主は駝鳥の卵を
たたきわろうとしましたが、

「われない」

蹴《け》っても、

「われない」

地面にたたきつけても、

「われない」

頭上にほうり投げ自分の頭に落としても、

「んっ？」

頭がひびわれ、坊主は死んでしまいました。

河原で旅の商人が星空を見あげていました。
「この星の数だけ金があれば……」
商人は事業に失敗したのでした。
「ドジョウに紅《べに》をぬり〝紅ドジョウ〟として
売りだそうとしたが、
どうしてもミミズにしか見えなかった……。
星の数だけ金があれば新しい事業をおこせる。
こんどはナマズに紅をぬろう。
〝紅ナマズ〟。泥沼を泳ぐ〝紅ナマズ〟。

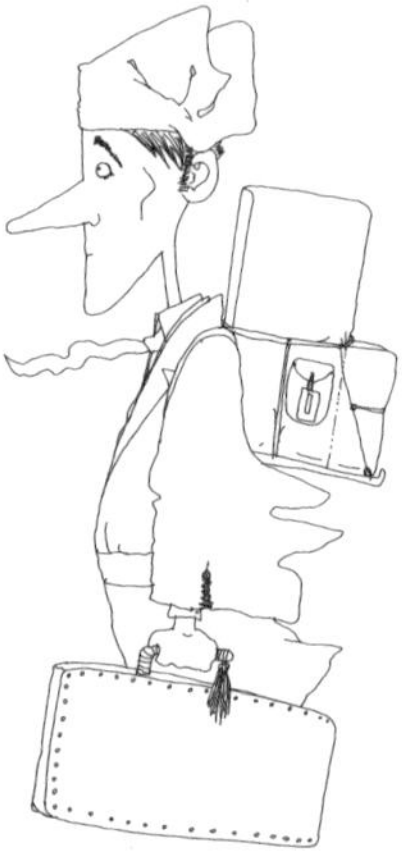

絵になる、商売になる……」

そのとき、商人の足もとに駝鳥の卵がころがってきました。

「ありがたい。旅の疲れで足が棒に……」

駝鳥の卵に腰をおろしました。

「ほっ」

安堵《あんど》して思わず屁《へ》までしてしまった瞬間、

「んっ？」

星空に暗黒雲がたちこめ、

「あっ!?」

雷が頭のてっぺんに落ちて、
商人は死んでしまいました。

船頭は女房に頭があがりませんでした。
「婿《むこ》に来ていらい、なんど女房になぐられただろう。
いまではなぐられないと
目が覚めないからだになってしまった……」
なげきながら夜明け前の川に舟を出そうとしたとき、

「おや？」

川上から駝鳥の卵が流れてきまして、

「大きな卵だ」

船頭は拾いあげました。

「あっ!?」

駝鳥の卵にヒビが入り、

「？」

われ、

「オギャ――――」

元気いっぱいの人間の赤ん坊が
産《うぶ》声《ごえ》をあげました。船頭は驚き、

「よしよしよし」

赤ん坊をあやしましたが、

「オギャー、オギャー」

泣きやみません。

「乳《ちち》がほしいのか。しかし困った。

ここには女はいない。

俺の乳でがまんしろ」

船頭が乳首を吸わせまして、

「あっ〜〜〜」

きもちよさそうに悶《もだ》え、

「あっ〜〜〜〜〜」

悶えすぎて死んでしまいました。

赤ん坊が川の水で口をゆすいでいました。
「ペッ、ペッ」
夜が明けました。

胡桃《くるみ》の木がある家に
美しい母と娘が住んでいました。

「おかあさま、木の上に赤ん坊……」

木の上で赤ん坊が泣いていました。

「まあかわいい」

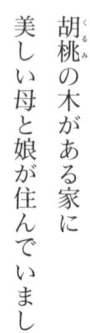

娘が赤ん坊を抱いたとき、

「あ〜〜〜なにをするの」

赤ん坊は娘の乳を吸いました。

「娘は嫁に行く前のだいじなからだ。

吸いたければ私の乳を」

赤ん坊は母の乳も吸いました。

赤ん坊はほかにも食堂の女主人、
猫を飼う三姉妹、鍛冶屋《かじや》の新妻、
亭主の死をまだ知らない船頭の女房、
その母親、そして寝たきりの祖母の
乳を吸いました。

赤ん坊は昼どきには
少年に成長していました。

「俺はいったい何者なんだ？」

少年は悩んでいました。

「のどがかわいた」

少年が井戸の水を飲もうとすると、

「おまえは駝鳥の卵から生まれたんじゃ」

井戸の中から船頭の幽霊が出てきました。

「俺の親は駝鳥？」

「そんなことはいいから俺の乳を吸ってくれないか？」

船頭の幽霊が乳を出しまして、

「きもちわるい亡霊だ」

少年は井戸の水とともに
船頭の幽霊を飲みこんでしまいました。

「駝鳥の子なら足ははやいはず」

少年は走りました。

「たしかにはやい」

橋の上まで来ると、

「屁さえしなければ……」

商人の幽霊がなげいていました。

「どんな屁をしたんですか？」

少年がたずねました。

「駝鳥の卵に屁をしてしまった」

「俺が生まれた卵だ……。

駝鳥の卵に

どんな屁をしたんですか？」

「こんな屁だ」

商人の幽霊が屁をしました。

「たしかに失礼な屁です。もういちどしてください」

少年は小石を拾いました。商人がふたたび屁をしたとき、少年は石を打ち、火花が散って屁に引火しました。

「あ、なにをするんだっ!?」

屁は炎となり商人の幽霊を燃やしました。

「供養《くよう》になります」

少年は商人の幽霊の丸焼きを食べました。

「まずい」

立ち去りました。


いまにもくずれ落ちそうな荒寺がありました。

「前にも来たような気がするが……。なんだ、あの声は？」

お経が聞えてきました。


少年よ、よく聞け。

おまえは俺が盗んだ卵から生まれた。

だから俺を尊敬して大切にしろ。

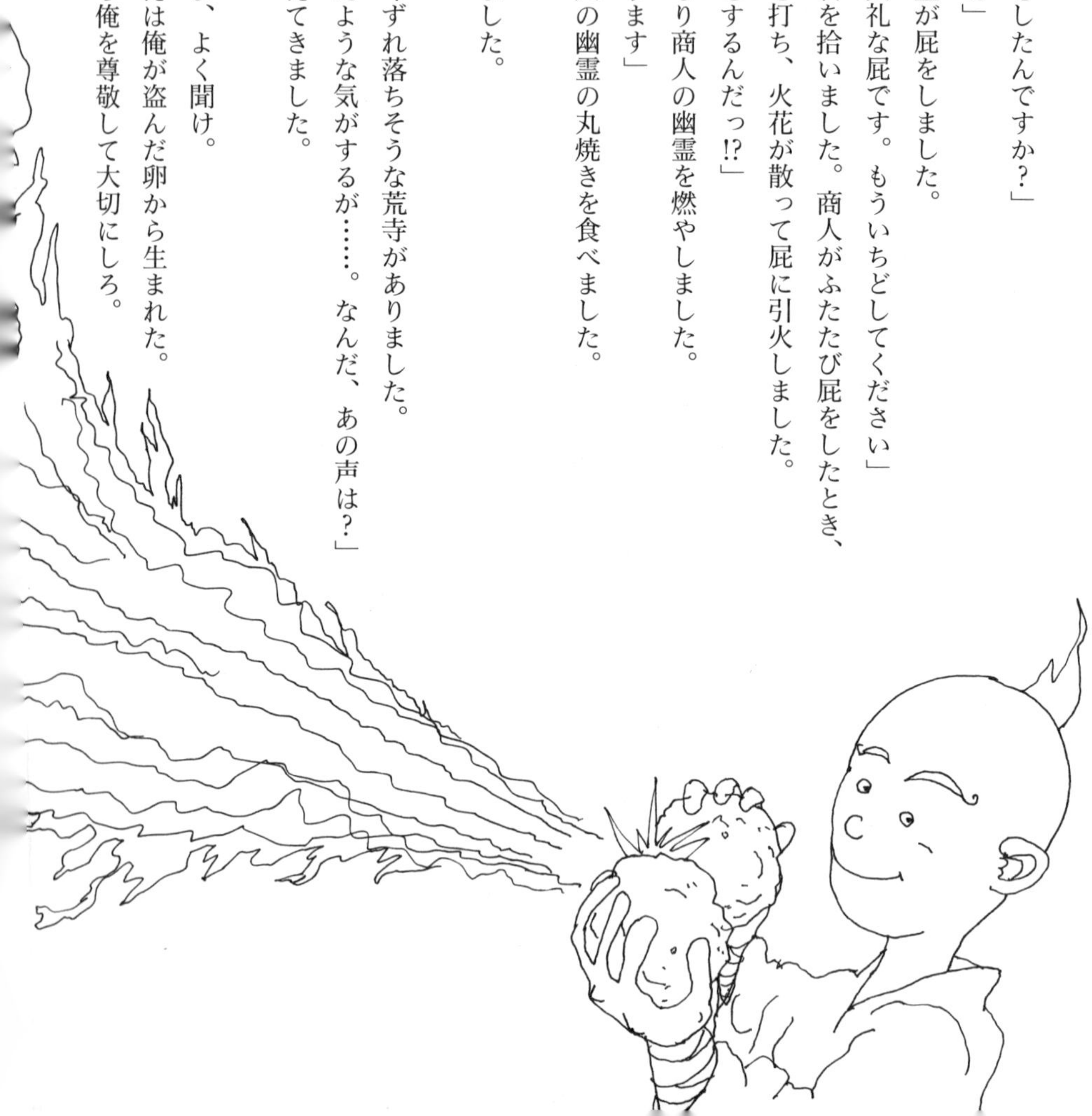

坊主の幽霊が
経を唱《とな》えていました。

「俺は説教が嫌いです」

少年はおこり、

「幽霊鍋《なべ》にしてやる」

食べてしまいました。

「よし、きょうから俺は〝たまご和尚〟と
名のってこの寺で暮らそう」

そのとき、大男が怒鳴りこんできました。

「坊主はいるか！

ここの坊主に金を貸してある。

返さないとひどい目にあわせるぞ」

「ちょっとお待ちを」

たまご和尚は自分の口のなかに手を入れ、
坊主の幽霊を出しました。

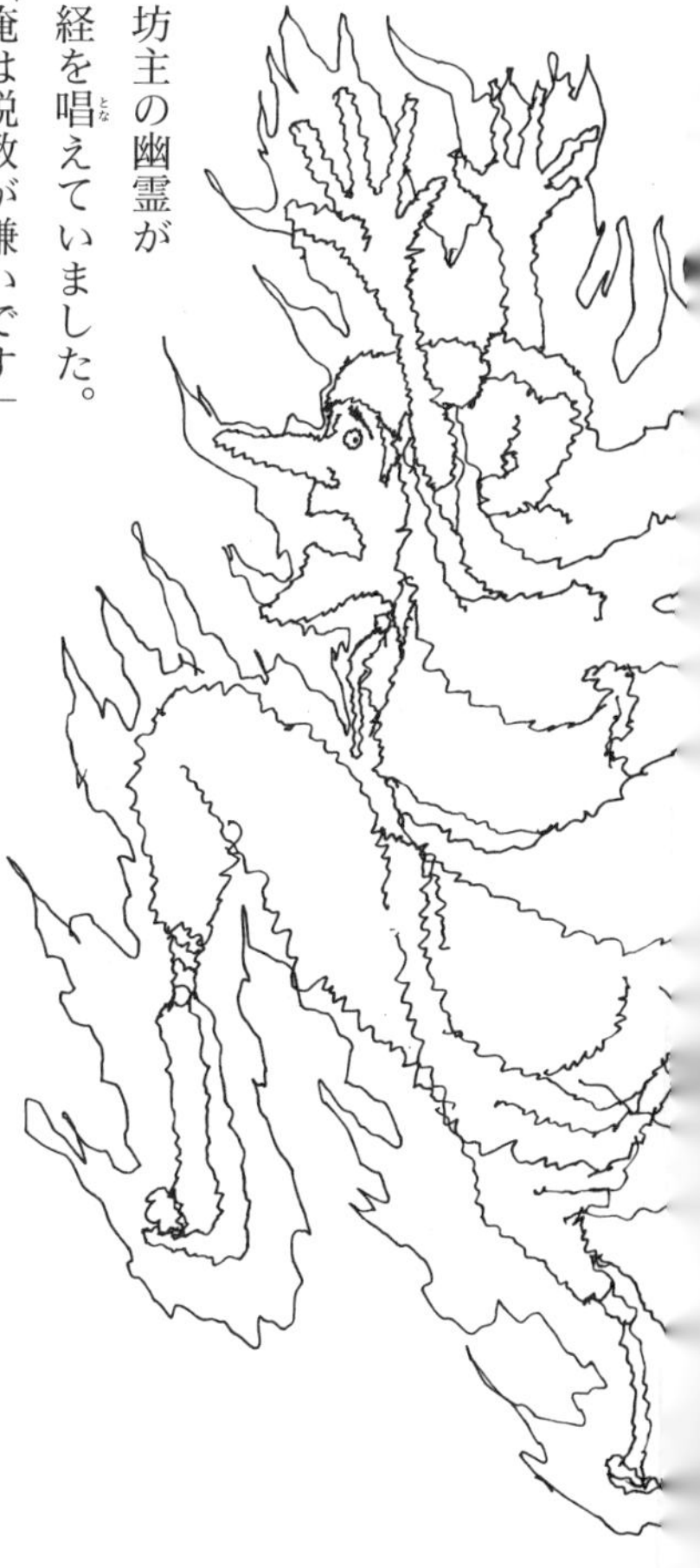

「ギャ――――ッ」
大男は悲鳴をあげ
逃げていきました。
「俺もこんなやつの
腹のなかにはいられない」
坊主の幽霊も逃げていきました。
「私も」
「ぼくも」
商人の幽霊も船頭の幽霊も
たまご和尚の口から飛びだし、
逃げていきました。
「みんな行っちゃった……。
こんなさびしい寺にひとりで暮らせない」
たまご和尚も荒寺を出ていきました。

【その二】

ふしぎな冒《ぼう》険《けん》のはじまり

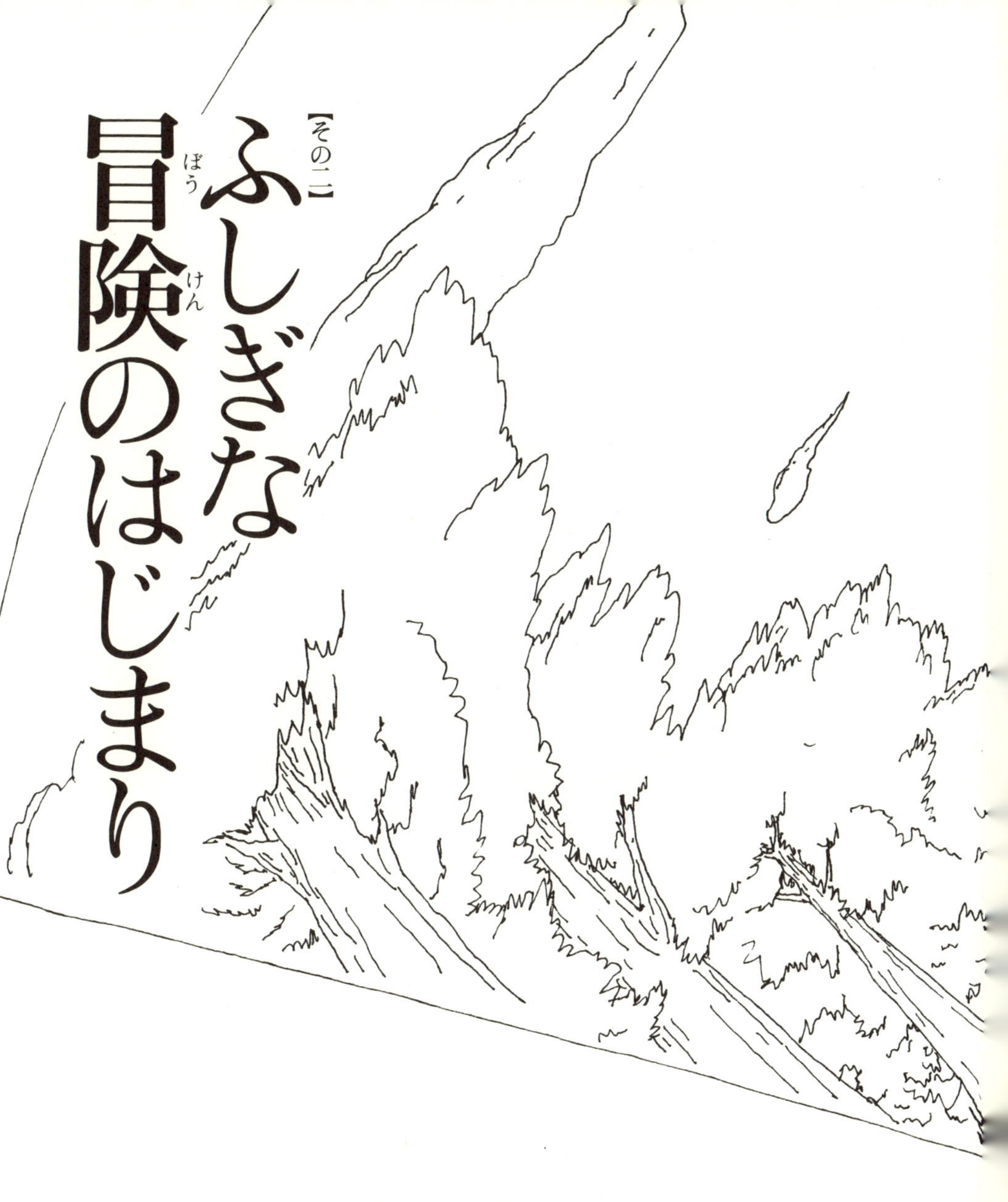

たまご和尚が湖のほとりで泣いていました。

「なにがこんなに哀《かな》しいのだろう。

駝鳥《だちょう》の卵から生まれた出自《しゅつじ》、
いや、幽霊まで食べてしまう意地きたなさ、
いや、乳を吸いまくった性《さが》……。

どれもこれも
当たっているようで当たっていない。

それにしても哀しい……」

見あげた空は晴れていました。

そのとき、湖畔《こはん》の料理屋から
「ギャーッ」

悲鳴が聞こえました。

「んっ？」

小さな男と大きな男が
料理屋から逃げだしてきました。

「お坊さま、おたすけください」

小さな男がたまご和尚にすがりました。

「話をお聞かせなさい」

小さな男が語りました。

「ここにおりまする大きな男は私の兄です。

私と兄は旅の曲《きょく》芸《げい》師《し》です。
兄の力自慢を得意芸としています。
私と兄はこの湖のほとりで
力自慢の練習をしておりました。
するとその芸を
湖の鯰《なまず》が笑うではありませんか。
私と兄は自信を失いました。
私と兄は死ぬ決意をいたしました。
そして、湖に飛びこみました……。
が、あろうことか
私と兄の芸を嘲《あざ》笑《わら》った鯰に
たすけられたのでございます。
私と兄は生き方を変えることにしました。
これまでは私も兄も、
自分で言うのもなんですが、
良い性格の人間でした。
しかし、これからは
悪い人間になることにしたのです。
周囲を見わたすと目の前に料理屋がございました。
私と兄がいま逃げだしてきた料理屋でございます。

私と兄は押し入りました。

さいわい料理屋の主《あるじ》は老人でした。

私と兄は『金を出せ』と老主人をおどしました。

ところがこの老主人が強かったのです。

私をなぐりたおし、力自慢の兄を投げとばしました。

私と兄は悲鳴をあげながらあの料理屋から逃げだしてきたしだいです」

「話はよくわかりました」

「もうすぐあの強い老主人が追ってくるでしょう」

「この草むらにかくれなさい」

「はい」

小さな弟と大きな兄は草むらにかくれました。

料理屋から老主人が出てきました。

「お坊さま、小さな男と大きな男を見かけませんでしたか？」

「見かけましたよ」

「どっちへ行きましたか？」

「そこにかくれています」

たまご和尚が
草むらを指《さ》しました。

「そんな――――!?」

小さな弟と大きな兄は
老主人につかまりました。

「最近の坊主はなにを考えているのか、まったくわからん」

小さな弟はおこって言いました。

「お兄さん、信じられるのは
私たちの美しい
兄弟愛だけです」

大きな兄は
薄笑いを浮かべていました。

「お坊さま、お名前は？」

老主人がたずねました。

「たまご和尚とお呼びください」

「ではたまご和尚」

「なんでしょう」
「おちからをかりたお礼として『私のおいしくないない料理』と
『私のつまらなくない話』、
さてどちらがお好みですかな？」
「旅の疲れですこし退屈しておりました。
『つまらなくない話』をお聞かせください」
料理屋の老主人が目を閉じうなるように歌いました。

〽この地から西南西
霧でおおわれた雲夢山《うんむざん》がござる
その山中には白雲洞《はくうんどう》
白猿神《はくえんじん》の棲処《すみか》でござる
その壁には天書《てんしょ》の道法《どうほう》
手に入れたる者は英雄でござる

「なるほど、つまらなくない話だ。

気晴らしになりました。では」

たまご和尚は西南西に向かいました。

「ご無事を……」

老主人が祈りました。

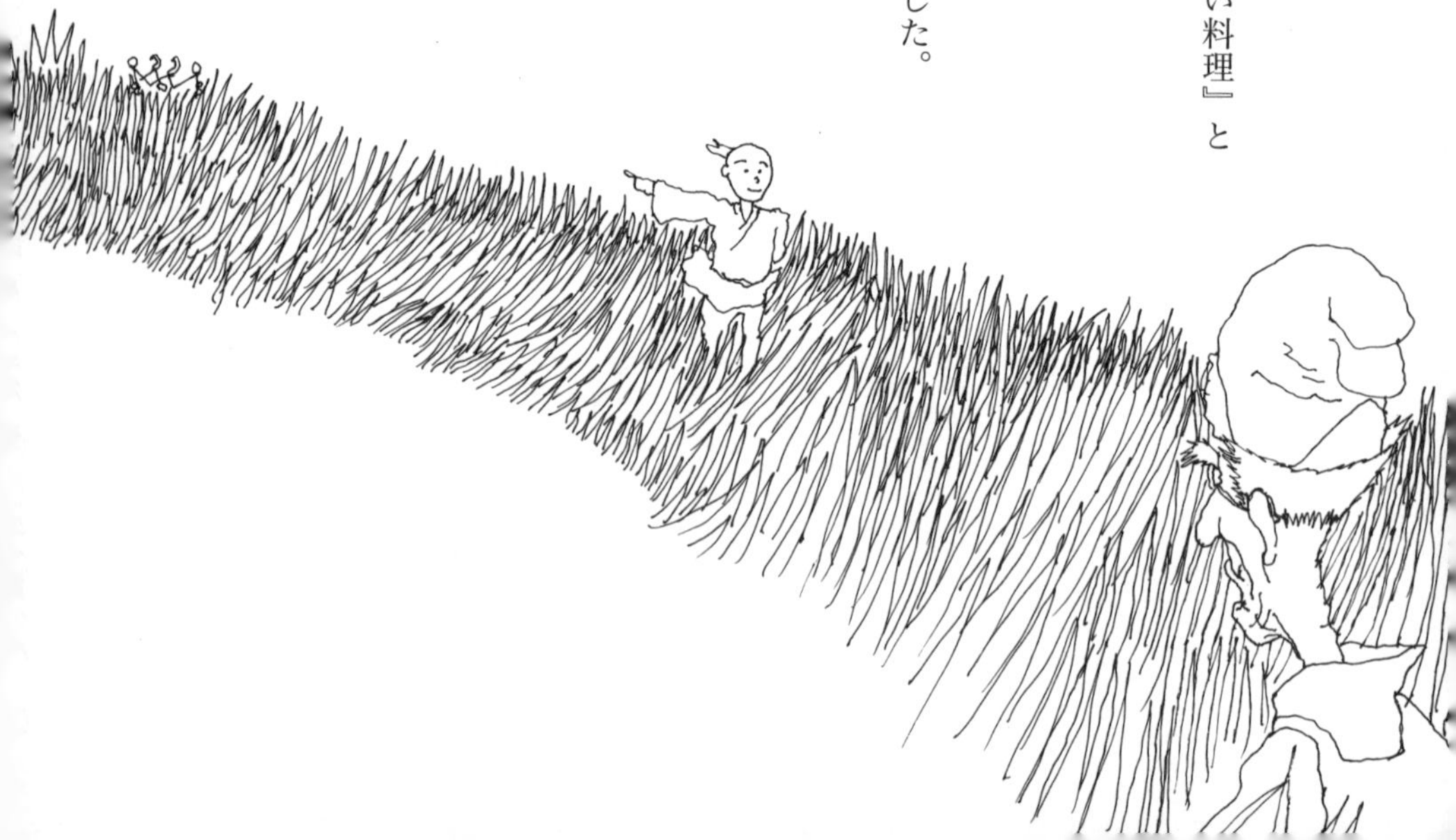

「お兄さん、私たち
これからどうなるんでしょう」
小さな弟が泣きくずれました。
「……」
大きな兄はあいかわらず
薄笑いを浮かべていました。
湖の鯰が同情して
ひげをふるわせていました。

たまご和尚は
歩きながら考えました。
「白雲洞の白猿神をたおし
『天書の道法』を手に入れ
英雄になったらなにをしよう。
この世でいちばん大きな家を建て、
この世でいちばん大きな嫁をもらって、
この世でいちばん大きな飯を食べる」
たまご和尚の夢は大きくふくらみ、
「あっ、イタタタ……」
頭痛になりました。

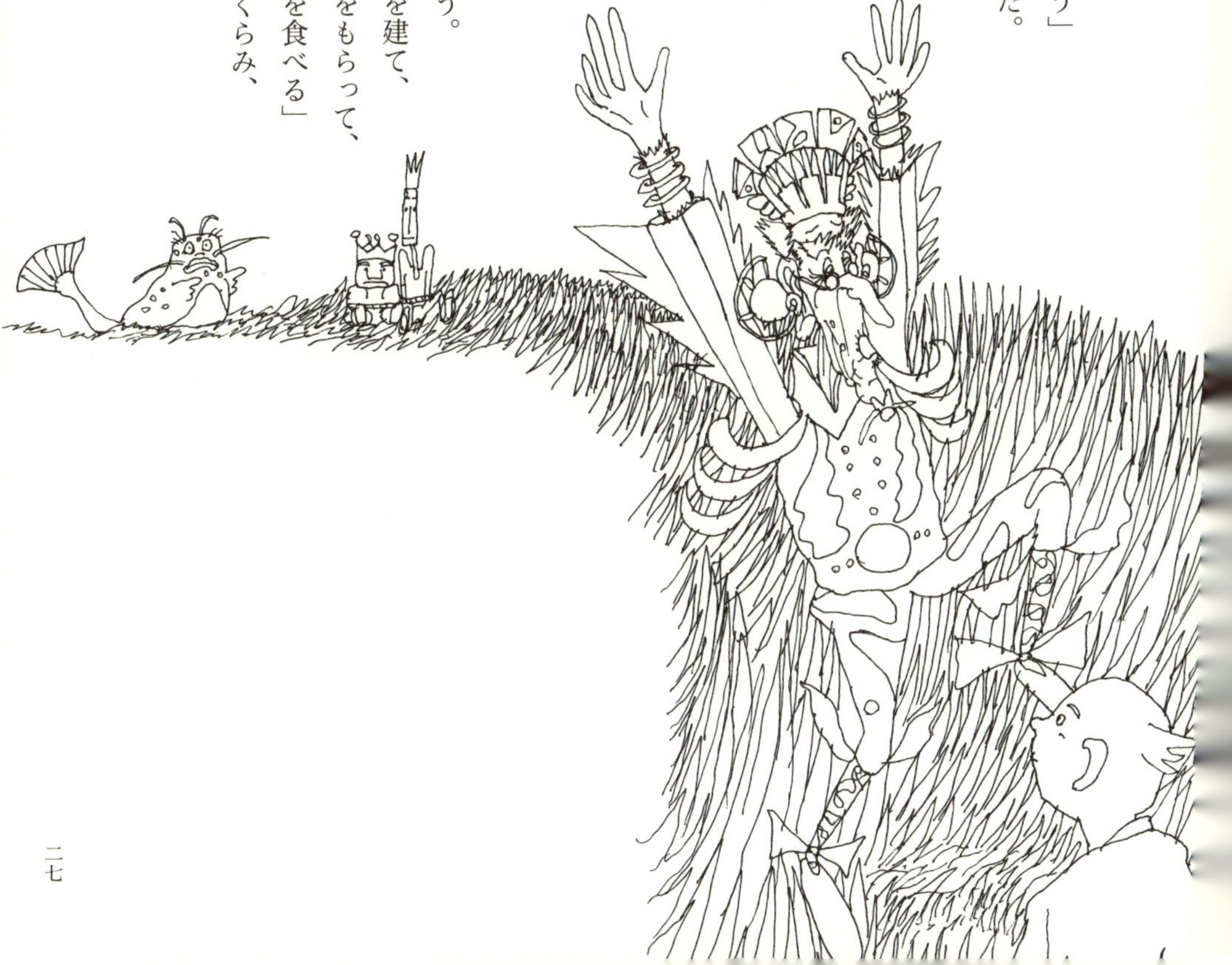

「英雄になったことを考えたら頭痛になった。

英雄にならなかったことを考えよう。

白雲洞の白猿神に破れ
『天書の道法』が手に入らなかったらなにをしよう。

この世でいちばん小さな家を建て、
この世でいちばん小さな嫁をもらって、
この世でいちばん小さな飯を食べる」

たまご和尚の夢は小さくしぼみ、

「ス――――」

頭痛が消えると同時に、

「あっ!?」

巨大な霧《きり》が出現しました。

「これが雲夢山?」

たまご和尚は巨大な霧に入りました。

「白雲洞はどこに?」

谷を渡り、崖《がけ》を登り、

「白猿神は?」

行けども行けども霧ばかり。

「霧よ、じゃまだ、消えうせろ!」

そう叫んだとき、

巨大な霧が女となりました。

「霧女？」

「じゃまだとおっしゃいましたわね」

「たしかに言った」

「では消えましょう」

「それはありがたい」

「霧は消えて雨となり雪となりましょう」

「ちょっと待て」

たまご和尚があわててとめようとしましたが、

「ホッホッホッ」

霧女は雨女となり、

「ホッホッホッホッ」

豪雨を降らせました。

「これはたまらん」

たまご和尚は逃げまわりました。

「ホッホッホッホッ」

雨女は雪女になり、

「ホッホッホッホッホッ」

大雪を降らせました。

「もっとたまらん」

たまご和尚は必死に逃げまわりました。

「ホッホッホッホッ」

雪女は霧女にもどり、

「ホッホッホッホッ」

笑っていました。

「霧を甘くみた俺がばかだった」

たまご和尚は反省しました。

「ホッホッホッホッ」

霧女は巨大な霧にもどり、

「ホッホッホッ」

笑っていました。

「ホッホッホッホッ」

たまご和尚は、
あたり一面の霧に笑われました。

「そんなに笑わなくてもいいのに」

たまご和尚の目に涙が浮かびました。

「そんなに笑わなくても……」

たまご和尚の目から
大つぶの涙がこぼれました。

「そんなに笑うな……」

たまご和尚の目から大量の涙が流れ、

「あ――――」

巨大な霧が声をあげ
流されていきました。

「……」

たまご和尚の目の前が晴れ、
白雲洞が姿をあらわしました。

「白猿神は？」

白雲洞のなかから、

「ここだ」

白猿神が出てきました。

「あなたさまの棲処でございます白雲洞の
壁に書かれている『天書の道法』……」

「書かれてはいない。

彫られておるのじゃ」

「それをいただきにまいりました」

「おまえの名は？」

「俺の名前は……」

たまご和尚は
自分の名前が言えません。

「どうした？」

「自分の名前が思いだせません」

「早く思いだせ」

「ちょっとお待ちを」

たまご和尚は考えました。

「思いだしたら教えろ」

白猿神はあくびをしながら寝ころび、

「自分の名前を忘れるとは……」

あきれかえって眠りにおちてしまいました。

「このすきに！」

たまご和尚はすばやく白雲洞の壁に墨をぬり、
白紙に『天書の道法』を写しました。

「これで英雄になれる！」

たまご和尚が写しとった白紙の文字を
読もうとしたとき、

「あっ」

文字の読み書きを
習っていないことに気がつきました。

「だれかに読んでもらわなくては……」

白猿神はきもちよさそうに眠っていました。

「まさか白猿神に
読ませるわけにはいかないし……」

たまご和尚は湖のほとりにもどってきました。

「あの料理屋の老主人なら読めるだろう」

料理屋に入ると、大きな兄と
小さな弟が働いていました。

「あっ、あのときのお坊さま」

小さな弟が気づきました。

「主人は？」

「死にました」

「なにっ⁉」

「私たち兄弟がつかまった次の日に。

縁《ゆかり》の者がだれもいないようなので、
私たちがこの料理屋を引きついだのです」

「弟よ、おまえ、これが読めるか」

たまご和尚は
『天書の道法』の写しを見せました。

「私、文字は読めますが、
この文字は読めません。

はじめて見たむずかしい文字です」

「だれか読める者を知らんか？」

「お兄さん、知っていますか？」

大きな兄が小さな弟に耳打ちしました。

「聖婆々《せいばば》なら読めるかもしれないと

兄が言っております」

「その婆さん、どこに住んでいる？」

大きな兄が首を横にふりました。

「聖婆々……どこに住んでいるのか知らんが、
俺の運を天に賭《か》けよう」

たまご和尚は料理屋を飛びだし、
湖に飛びこみ、泳ぎました。

「ご無事を」

小さな弟が祈りながら見おくりました。

「……」

大きな兄は薄笑いしながら見おくりました。

「！」

鯰も湖面をはね、見おくりました。

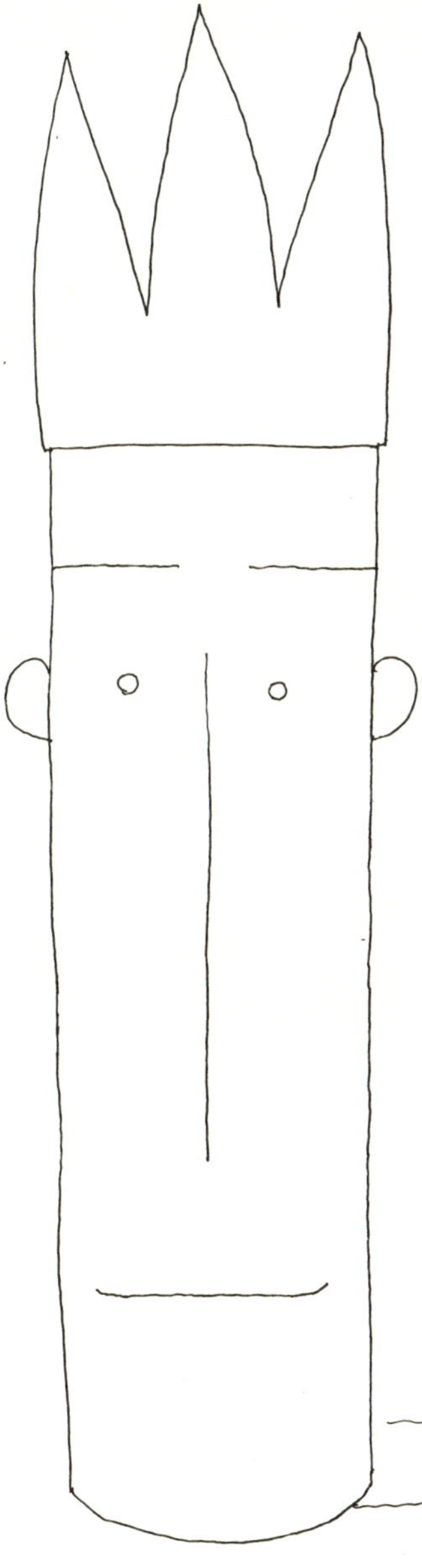

【その三】

鯨《くじら》の腹《はら》から出《で》てきた英《えい》雄《ゆう》

聖婆々は東の海から来る英雄を待っていました。

「……」

聖婆々は東の海から来た英雄と手を結べば
夢がかなうと信じていました。

きょうも西の山に
夕陽が沈もうとしていました。

「……」

これまで三人の男が東の海からやってきました。


ひとりめの男は難破船《なんぱせん》の船長でした。男らしい男でした。

この男こそ英雄……。

そう思った聖婆々は船長と結婚しました。

ふたりの子どもが生まれました。女の子と男の子です。

船長はやさしい人でした。幸福な家庭が築かれました。

でも英雄ではない。

そう思った聖婆々は船長と離婚しました。

女の子は南へ、男の子は北へ養子に出しました。

ふたりめの男は美しい役人でした。

弦を爪弾《つまび》きながらやってきました。

この男こそ英雄……。そう思った聖婆々は結婚しました。
美しい役人は来る日も来る日も聖婆々のために
弦を爪弾きつづけました。
聖婆々は弦の音にあきました。
そのことを知った役人はメソメソ泣きだしました。
この男も英雄ではない。そう思った聖婆々は、
役人を壺《つぼ》に押しこめ裏山に埋めました。
しばらく裏山から弦の音が聞こえていましたが、
そのうち聞こえなくなりました。

三人めの男は料理人でした。
とてもおいしい料理を作りました。
この男こそ英雄……。そう思った聖婆々は料理人と結婚しました。
料理人は野菜料理が得意でした。
いつも野菜のことを考えていました。
聖婆々との寝床《ねどこ》でも、なす、ねぎ、はくさい……と、
野菜の名をつぶやくほどです。
この男も英雄ではない。そう思った聖婆々は
料理人と野菜を舟にのせ東の海に流しました。
その途中、大量の野菜をのせたため、舟は沈んだそうです。

西の山に夕陽が沈みました。
「きょうも英雄は来なかった……。
でも、まあいいさ。そのうちあらわれるさ」
聖婆々は暗くなった浜辺を歩きました。
その先に聖婆々の住む小屋がありました。
「東の海から来た英雄と結ばれたとき、
私の夢はかなえられる」
そう信じて聖婆々が眠ろうとしたとき、
「んっ？」
浜辺から騒ぎ声が聞こえてきました。
「なんだろう？」
小屋から出てみると、
浜いちばんの漁師が釣りあげた鯨《くじら》を見物に、
人々が集まっていました。
「聖婆々、どうだすごいだろう」
浜いちばんの漁師が自慢しました。
「フン、あたしゃもっと大きくて
すごい鯨を見たことあるよ、フン」
聖婆々はさっさと小屋にもどりました。

「フンフン言いやがって、かわいげのない婆々だ」

浜いちばんの漁師はおこりました。

「先生！」

そう叫んだのは
浜いちばんの漁師の弟子です。

「なんだ？」

「集まった者たちが
鯨を奪いあっていいます！」

「俺の鯨だ、だれにも渡すな」

浜いちばんの漁師と弟子は
必死に戦いました。

騒ぎは夜明けまでつづきました。

聖婆々が目覚めました。

「おかげで寝不足じゃ」

東の海の水平線に朝日が昇ります。

聖婆々がみつめます。

「……」

そのとき、

「くさい？」

なにかが腐《くさ》ったにおいがしました。

「このにおいは……」

周囲を見わたすと
昨日の鯨の残骸《ざんがい》が腐っていました。

「こりゃたまらん」

聖婆々がその場から立ち去ろうとしたとき、

「んっ？」

腐った内臓がむくっと動きました。

「ヒェー」

聖婆々は逃げだしました。小屋の前まで来て
ふりかえると、腐った内臓が追ってきます。

「ヒェ――」

ふたたび聖婆々は悲鳴をあげ、
小屋に飛びこみ鍵をかけました。

腐った内臓が小屋の戸をたたきます。

「帰れ！　帰れ！

腐った内臓に知り合いなどおらん」

小屋のなかから聖婆々が叫びました。

「おたすけください」

小屋の外から腐った内臓が叫びました。

「腐った内臓がしゃべりおった」

板穴からのぞくと、

「……」

腐った内臓が立っていました。

「腐った内臓は歌をも歌えます」

腐った内臓は歌い踊りました。

「歌い踊るとは生意気な内臓」

おこった聖婆々は小屋から飛びだし、
腐った内臓を棒でなぐりました。

内臓はたおれました。

「いくら腐っても内臓は内臓、歌って踊るなんて
もってのほか、内臓なら内臓らしく生きろ」

聖婆々が説教しました。

「ごもっともなお話ですが、
じつは私、内臓ではありません。

内臓のなかに閉じこめられた者です」

「というと、あの鯨に……」

「はい。飲みこまれました」

「そりゃかわいそうに」

「同情してくれますか？」

「同情しよう」

「ありがとうございます。

私、世のなかのあらゆる情のなかで、
同情がいちばん好きでございます」

「同情が好きなそなたの名前は？」

「たまご和尚と申します。

なにとぞおたすけください」

聖婆々は腐った内臓を
包丁で切り裂きました。

「おはつにお目にかかります」

血だらけのたまご和尚が出てきました。

「あいさつはいいから、

その生ぐさい血をどうにかしておくれ」

たまご和尚は海で血を洗いました。

「ああ、すっきりした」

「なぜ鯨に飲まれたのか、聞かせてもらいたいね」

「はりきってお聞かせしましょう」

たまご和尚は大声で語ろうとしましたが、

「海の魚や貝や鳥に聞かせなくてもいいんだ。

わしだけに聞かせておくれ」

小さな声で語りました。

「わけあって湖を泳いでいますと、滝に落ちました。

川を流され海に出たときは、ホッとしました。そのときです、
あの鯨に飲みこまれたのは。そのあとはなにがあったのやら……」

「味もそっけもない話だね」

「申しわけございません」

「わけあって湖を泳いでいた、その〝わけ〟とは？」

「お聞きになりたいですか？」

「お聞きになりたい」

「雲夢山の白猿神の棲処の白雲洞の壁に彫られた
『天書の道法』の写しが読める聖婆々を探しております」

「わしが聖婆々じゃ」

「○×△□×××」
たまご和尚は失神してたおれました。
その懐《ふところ》から
『天書の道法』の写しが
飛びだしました。
聖婆々は思いました。
「もしかするとこの男こそ
東の海から来た英雄ではないか……」
たまご和尚が目覚めました。
「読むぞ」
聖婆々が『天書の道法』の写しを
スラスラと読みあげました。
「お待ちください。『天書の道法』の術、
ひとつひとつ会得《えとく》したいと思います。
ゆっくりお読みくだされ」
聖婆々は『天書の道法』の写しを
ゆっくり読みあげました。
浜いちばんの漁師の弟子は後悔していました。
「こんな先生についていたら俺の一生は台無しだ」

浜いちばんの漁師は
浜辺で酒を飲み寝ていました。

「昼間から酒を飲む人間に
出世したやつはいない」

弟子は親からそう教わっていました。

「逃げよう」

そう決意したとき、

「いるかい」

聖婆々が来ました。

「先生はお休み中です」

「かまいやしないよ。

前々からこの漁師は
気に食わなかったんだ。

起きやがれ」

寝ている浜いちばんの漁師の
ひげを引っぱりました。

「イテテテ」

浜いちばんの漁師が目覚めました。

「あ、聖婆々、
よくも俺のひげを引っぱりやがったな」

浜いちばんの漁師が
聖婆々をつかまえようとしたとき、

「おやめなさい」

たまご和尚があらわれました。

「なんだ、おまえは？」

「はじめて会得した『天書の道法』の術、
ためさせていただきます」

たまご和尚は呪文《じゅもん》を唱えました。

「なんだこのやろう！」

浜いちばんの漁師が
たまご和尚に襲いかかろうとしたとき、

「あっ!?」

ひげがのび自分の首を絞《し》めつけました。

「あ――――――っ」

漁師の首が飛び、大空の彼方《かなた》へ消えていきました。

「はじめの術はかんぺきに会得したみたいじゃ」

「はい」

「次の術を稽古《けいこ》しよう」

「はい」

聖婆々とたまご和尚は帰っていきました。

「先生の首がもどってこないうちに
故郷へ帰ろう」
弟子が逃げだしました。
浜辺には、浜いちばんの漁師の
胴体だけが立っていました。

【その四】

聖《せい》婆《ば》々《ば》の陰《いん》謀《ぼう》

山奥からたまご和尚の叫び声が聞こえてきました。
「清らかなる大根よ。おまえの真実は竜だ。目覚めよ、大根！」
たまご和尚は『大根を竜に変化させる術』を
稽古していました。
「おかしい。
呪文が違っているのかもしれない。
『天書の道法』を読み直そう」
たまご和尚は
聖婆々から文字を教わり、
読み書きができるようになっていました。
『天書の道法』には
「〃清らかなる大根よ。
おまえの真実は竜だ。
目覚めよ、大根〃と叫ぶことなり」
と書かれていました。
「呪文は間違っていない。
すると呪術が……」
『天書の道法』には
〃両足を開き両手をたたく〃と
書いてありました。

「これも間違ってはいない。
やはり呼吸が……」
『天書の道法』には
〝呼吸は己で求めよ〟と
書かれています。
たまご和尚は
いろいろな呼吸法で稽古しました。
息を吸って吐く、
息を吐いて吸う、
息を止めて吸う、
息を吐いて吐いて吸う、
息を止めて止めて止めて止めて、
「ゴホンゴホン」
咳こんでしまったとき、
「精がでるのう」
聖婆々がたずねてきました。
「村を支配する豪商《ごうしょう》・張夫妻《ちょうふさい》を
退治する話だが……」
張夫妻がひきいる張一族は
広大な畑に大量の女の子の赤ん坊を植え、

栄養水をまき美女に育てあげ、
全国に売って大もうけしていました。
「張夫妻が悪党だということは聞いております。
私と聖婆々がちからを合わせれば
張夫妻を退治することも可能でしょう。
しかし、いまの私は『天書の道法』に書かれている術を
すべてかんぺきに会得したいのです。
申しわけございませんがもうすこし時間をください」
たまご和尚はていちょうに断わりました。

「それでこそわしが
〃東の海から来た英雄〃と確信した男。
いつまでも待ちましょう」
そう答えた聖婆々でしたが、
心のなかは心配で心配で、
「この男がいつ逃げだすかと思うと……。
なんとかこの男の心をとらえなくては」

浜辺の小屋にもどった聖婆々は鏡の前にすわりました。
「美しくなってたまご和尚の心をくぎづけにしてやる」
白粉《おしろい》や紅《べに》をぬりました。

「もっと美しくならなくては……」

白粉と紅をぬりました。

「もっともっと美しく……」

白粉と紅をぬりました。

「もっともっと……」

白粉と紅をぬりました。

「もっと……」

白粉と紅をぬりました。

「……」


たまご和尚が山から降りてきました。

「きょうはできなかったが、なんとかなるさ」

聖婆々の小屋の前まで来たとき、

「なんだ？　このにおいは……。

いいにおいなんだか？

悪いにおいなんだか？」

小屋の戸を開けると
白粉と紅でぬりかためられた
聖婆々が転がっていました。

「聖婆々？」

「化粧が重くて立ちあがれん。たすけてくれ」
たまご和尚はあわてて聖婆々の顔から
厚化粧を削《けず》りおとしました。

聖婆々とたまご和尚が住む海より
遠く西南に行ったところの町に、
美美《びび》という機織《はたお》り上手な妻がいました。

「行ってくるよ」

やさしい夫は布を持って、

「女房の織った布はいらんかねー」

町を売り歩きました。

「生活は楽ではないが、
あんな美しい女房と暮らせるんだ」

夫は楽しそうに売り歩きました。

「それにしても
女房の織った布はみごとだ。ホレボレする」

美々の織った布に見ほれたとき、

「あっ!?」

布が夫を襲《おそ》いました。

「あ――」

夫の首に巻きつき、絞めあげました。

「亭主が死んだ？」

夫の死の知らせを受け、

「そんな……」

美美は泣きくずれました。

「私の織った布で死ぬなんて」

三日三晩泣きじゃくったその夜、

「美美」

聖婆々があらわれました。

「おかあさん!?」

美美は聖婆々の娘でした。


駄駄《だだ》は博奕《ばくち》打ちです。

「きょうも負けた」

まだいちども勝ったことがありません。

「ぼくには博奕の才能がないのか？」

駄駄は悩みました。

「いや、負けても負けても
博奕をする根性がある！」

駄駄は奮《ふる》い立ちました。

「才能？　根性！　才能？　根性！」
駄駄は苦悩したり
奮気したりしました。
「疲れた」
寝転びました。
「んっ？」
目の前に枝切れが落ちていました。
「よしっ、この枝切れで
ぼくの運命を決めよう。
この枝切れを
空に投げ地面に刺さったら、
ぼくの人生を〝才能がない〟に賭け
博奕をやめよう。
刺さらなかったら
〝根性がある〟に賭け博奕をつづけよう」
駄駄は立ちあがり枝切れを拾って、
青空に投げました。
「……」
枝切れが落ちてきて、
「……」

駄駄の頭に刺さりました。

「痛い――」

飛びあがって痛がりました。

その姿を聖婆々が
木かげから眺めていました。

「あいかわらずのばかものが……」

駄駄は聖婆々の息子でした。

たまご和尚が海をみつめ、

「もういいや……」

あくびをして
〝大根を竜に変化させる術〟を
会得することをあきらめたとき、

「ただいま」

聖婆々が帰ってきました。

「しばらく顔をお見かけしませんでしたが、
どちらへ?」

「ちょいと温泉に」

「それはけっこうな」

とつぜん、

「わしの娘じゃ」

美美を紹介しました。

「えっ!?」

たまご和尚は美美を見て
ひとめぼれ。

ふたたび見て、

「あっ!?」ふためぼれ。

三たび見て、

「あっ!?」三めぼれ。

「きりがないので嫁になるか?」

たまご和尚と美美は
浜辺の小屋で新婚生活を
送ることになりました。
「なにが食べたい?」
「桃が食べとうございます」
たまご和尚は
桃を買ってきました。
「もっとたんと
欲しゅうございます」

たまご和尚は
桃の木を買ってきました。
「もっともっと」
美美は窓から見える
桃山を指しました。
「あれは張夫妻の桃山……」
たまご和尚は張夫妻を
退治することを決意しました。
その知らせを聞いた聖婆々は、
ひとりで山へ行き、
「……」
だれもいないことをたしかめ、
「ケッ」
ほくそえみました。

張夫妻の広大な畑に
大量の美女たちが育ちました。

「今年も高く売れそうだ」

亭主はおおよろこび。

「このなかに気に入った娘がいるんじゃないの？」

張夫人がにらみました。
「いるわけないじゃないか」
張大《たい》夫《ふ》はあわてて
逃げだしました。
「来年こそぜったい、
美男畑を作ってやる」
張夫人は誓《ちか》いました。
その夜、たまご和尚と聖婆々が
美女畑にしのびこみました。
「髪よひげになれー」
たまご和尚が呪術をほどこしました。
そのとたん、畑の美女たちの髪が移動し、
ひげとなりました。
「畑の美女たちよ、見るがいい」
聖婆々は満月で光る鏡を
美女たちに見せました。
髪がひげとなり、
はげあがった美女たちが映っていました。
「キャ――――」
畑の美女たちは悲鳴をあげました。

「すべては張夫妻のしわざ。

おまえたちを道化者にして
全国に売ろうとしているのじゃ」

聖婆々が叫びました。

「そんなー」

「くやしいっ！」

はげ頭でひげづらの美女たちがおこり、
張夫妻の館に押し入りました。

村を支配する豪商・張夫妻がひきいる
張一族は滅びました。
「きょうからこの村はわしが治める」
聖婆々が宣言しました。
そのころ、山奥で、
「清らかなる大根よ。
おまえの真実は竜だ。目覚めよ、大根！」
たまご和尚が稽古していました。
大根はまだ竜に変化しません。
ミミズになってしまいました。
「いずれできますとも」

美美が笑って見ていました。
「精がでるのう」
聖婆々がやってきました。
「たまご和尚。そろそろ弟子を
とってもいいころじゃ」
息子の駄駄を
連れてきました。

【その五】

美《び》美《び》はどこ？

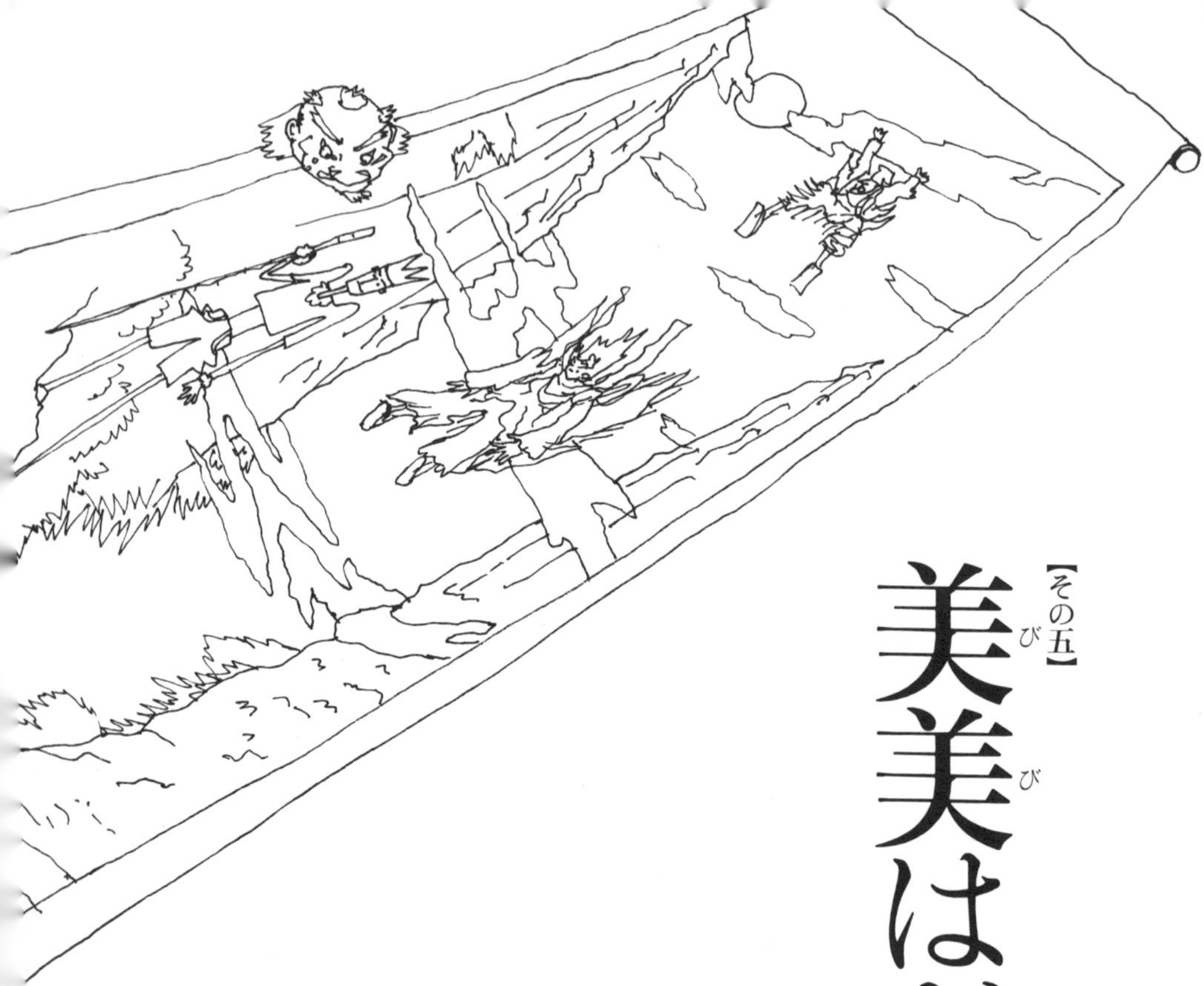

聖婆々は張夫妻を子分にして、
「はげ頭でひげづらの美女たちを
強力な兵士に育てよ」
と命じました。
張夫妻ははげ頭でひげづらの美女たちを
美女畑にもどし力水《ちからみず》をかけました。
一夜にして、はげ頭でひげづらの美女たちは
強力な兵士となりました。
聖婆々ははげ頭でひげづらの美女の
強力な兵士たちをひきいて、となりの村を支配しました。
「このまま攻めれば国をも……」
聖婆々の快進撃《かいしんげき》はつづきました。

「美美のためならなんでもする。
掃除でも洗濯でも買物でも……」
たまご和尚は美美に心をうばわれていました。
「美美よ。美しき美美よ。私の心を返しておくれ」
「返しません。たまご和尚の心は
美美が一生おあずかりします。それより美美は今夜、
東の山の若鳥が食べとうございます」

「わかった。東の山へ行って若鳥をとってこよう」

たまご和尚は東の山へ向かいました。

「美美のために若鳥を……。

考えてみれば恐ろしいことだ。

俺は駝鳥の卵から生まれた。

その俺が美美のために若鳥をつかまえに……。

人を愛するとは恐ろしいことだ。しかし楽しい」

小踊りしながら東の山に到着したとき、

「いい気なもんだ」

岩かげから男があらわれました。

「見覚えのあるやつ」

「忘れたか。こいつを見れば思いだすだろう」

男は岩かげから首のない胴体を連れてきました。

「あっ!?」

たまご和尚は思い出しました。

「私が首を飛ばした浜いちばんの漁師の胴体、
するとおまえは……」

「その弟子だ」

「首は？」

「いくら探しても見つからない」

「それは気の毒に」

「おまえが遠くへ飛ばしたからだ」

弟子はおこっていました。

「すまん」

たまご和尚はあやまりました。

「俺にあやまるな。先生の胴体にあやまれ！」

「すまん」

たまご和尚は首のない胴体に頭を下げました。

「先生もこれですこしは気が晴れただろう」

「あ、いま思いだした」

「なにを？」

「あのとき、弟子のおまえは故郷へ逃げたはずだが……」

「先生の胴体が追ってこられたのだ。なんども見捨てようとしたが、なつかれてしまって。たまご和尚、首を飛ばした責任をとっておまえが胴体の面倒を見なさい」

「かんべんしてくれ」

たまご和尚は逃げるように東の山を降りました。

たまご和尚は美美と住んでいる浜辺の小屋の前まで来ましたが、

「あ、若鳥をとってくるのを忘れた」

ふたたび東の山へもどろうとすると、
「んっ？」
小屋の中から泣き声が聞こえてきました。
たまご和尚がのぞくと、
美美が大粒の涙をこぼしながら、
歌っていました。

〽たまご和尚にいくら愛されても
私の心はうれしくない
私の心はあの人のもの
ほんとうの夫は母に殺された
私は母を恨む
そして叫ぶ
私を殺せ　私を殺せ……

はげ頭でひげづらの美女の
兵士たちが北の大将をたおしました。
「残るは南の大将だけ」
聖婆々は張夫妻と
祝盃《しゅくはい》をあげていました。

そこにたまご和尚がやってきました。

「話がある」

「婿《むこ》よ。こっちへ来ていっしょに飲もう」

「聖婆々、聞きたいことがある」

たまご和尚はにらみつけました。

「なんじゃその目は。なにをおこっておる」

「美美の亭主を殺したか？」

「わしがか？」

「美美が泣きながらそう歌っている」

「たまご和尚、おまえはどう思う？」

「なにが？」

「この聖婆々が、美美の前の亭主を
殺したと思っているのか？」

「わからん。わからんからこうやって聞きにきたのだ」

「たまご和尚、美美を愛していないのか？」

「愛している。しかし美美は俺を愛していない」

「それがどうした。たまご和尚が美美を愛している。

それでいいではないか」

「俺は美美に愛されたい」

「わしがおまえを愛す」

「ちょっ、ちょっと待て！」

「待てん」

聖婆々はたまご和尚に襲いかかりました。

「おちつけ聖婆々」

たまご和尚は必死に逃げまわりました。

「ビョ――――」

聖婆々は奇声をあげながら追いかけまわしました。

「……」

張夫妻は酒を飲みながら見物していました。

「それにしても男前ですこと」

「だれが？」

「たまご和尚」

「ほれたな？」

「まさか。でも私がもうすこし若かったなら……」

「聖婆々はおまえよりだいぶ老いているが、たまご和尚にほれている」

「恐ろしいおかた」

「俺もそう思う。いつかわれわれ夫婦も聖婆々のもとから逃げださなくては……」

「それにしてもいい男」

「たまご和尚か……俺もそう思う」

張大夫が見ほれました。

「あなた?」

張夫人が疑いました。

「いや、そういう意味じゃなく」

「どういう意味なの!」

張夫妻もけんかになりました。

大根畑で駄駄が、

『天書の道法』に書かれている術の練習をしていました。

「ガッシュ――」

岩を蛙《かえる》に変えました。

「うまそうなカエルだ」

食べようとかじったとき蛙は岩にもどり、

「イテテテ……」

歯を折りました。

そこへ、

「駄駄、たすけてくれ」

たまご和尚が逃げてきました。

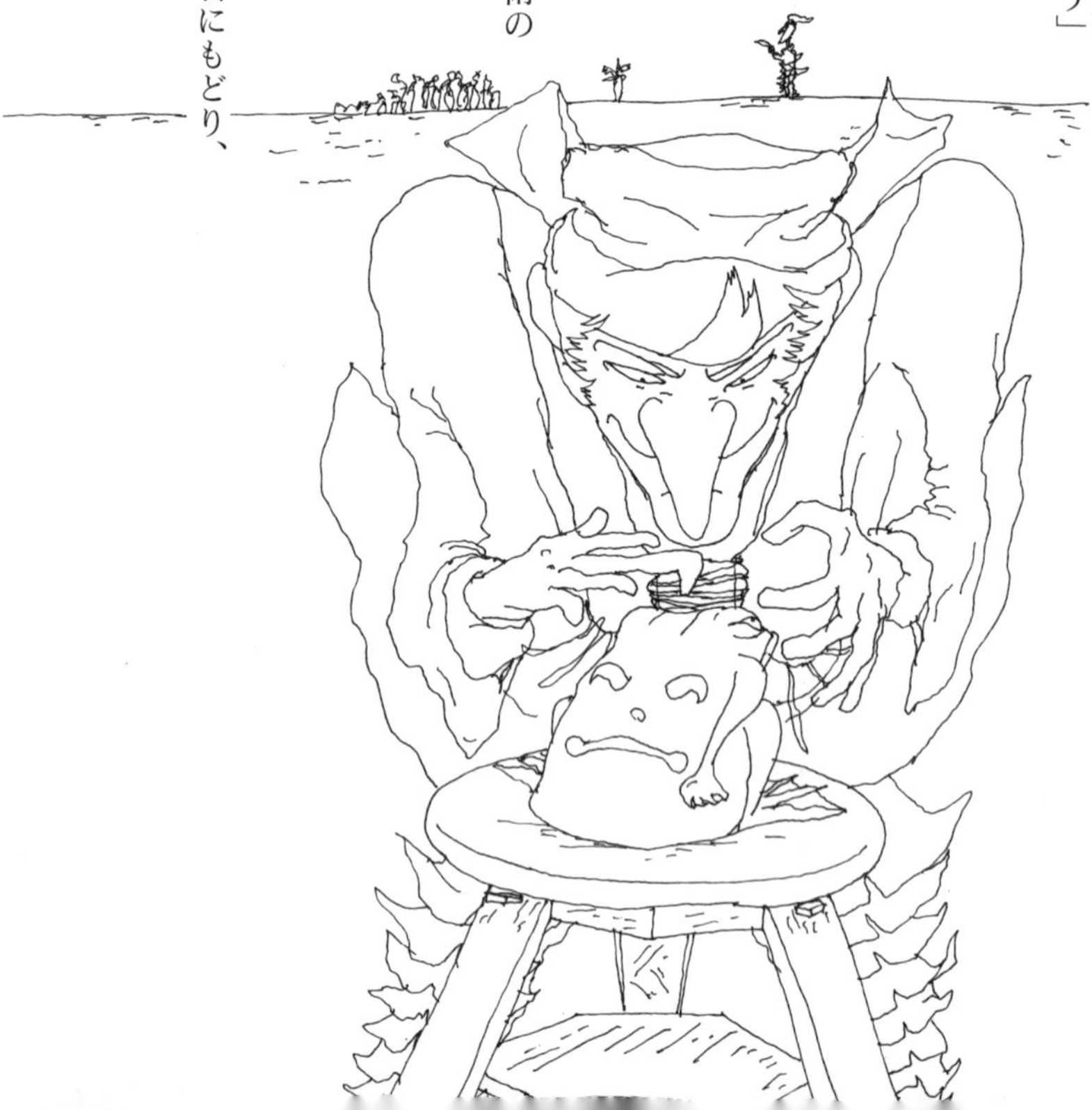

「先生、どうなさいました？」

「おまえの母親に追われている」

「かあちゃんに？」

「かくまってくれ」

「わかった。バヒョ――――」

駄駄が叫んだとたん、
たまご和尚は駱駝《らくだ》に変身しました。

「駄駄のやつ、いつの間にかこんな術まで……」

駱駝になったたまご和尚は思いました。

そのとき、

「たまご和尚が逃げてこなかったかい？」

聖婆々が来ました。

「あっちへ行ったよ」

人参《にんじん》畑のほうを指しました。

「ではこの駱駝にのっていこう」

聖婆々が駱駝に飛びのりました。

「あっ!?」

駱駝がたまご和尚にもどりました。

「のられてたまるか！」

たまご和尚はふたたび逃げました。

「駄駄よ。たまご和尚を
とらえれば足の裏をくすぐってやろう」
駄駄は足の裏を
くすぐられるのが大好きでした。
「わかった」
駄駄は大根畑から大根を一本抜くと、
「清らかなる大根よ。
おまえの真実は竜だ。
目覚めよ、大根！」
大根が竜に変身しました。
「まっ、まさか!?」
たまご和尚は驚きました。
「俺がどうしてもできなかった術を、
弟子の駄駄が会得している!?
それもかんぺきに……」
竜はたまご和尚を遠くへ飛ばしました。
「ばか！　とらえろと言ったのだ。
だれが飛ばせと言った!!」
聖婆々が駄駄を叱《しか》りました。
「かあちゃん、ごめん」

聖婆々は駄駄の足の裏をかじりました。

「かあちゃん、痛いっ――――」

駄駄が泣き叫びました。

たまご和尚はずいぶん
遠くまで飛ばされました。

「どこまで飛ばされるのだろう?」

まだまだ飛ばされていきました。


「まわりは星ばかりだ」

ようやくとまりました。

「ここは……天国？　地獄?」

「いや、宇宙というところらしい」

不気味な声が聞こえました。

周囲を見わたすと、

「ひさしぶりだな、たまご和尚」

見覚えのある首が笑いながら浮かんでいました。

「浜いちばんの猟師!?」

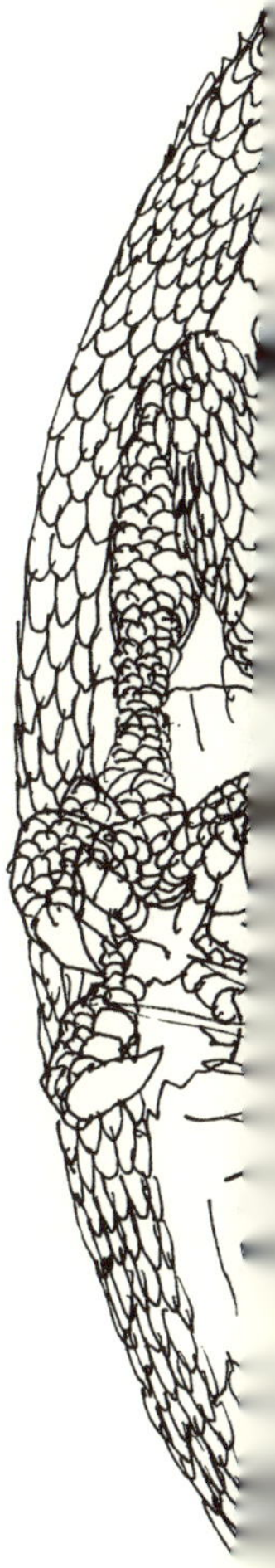

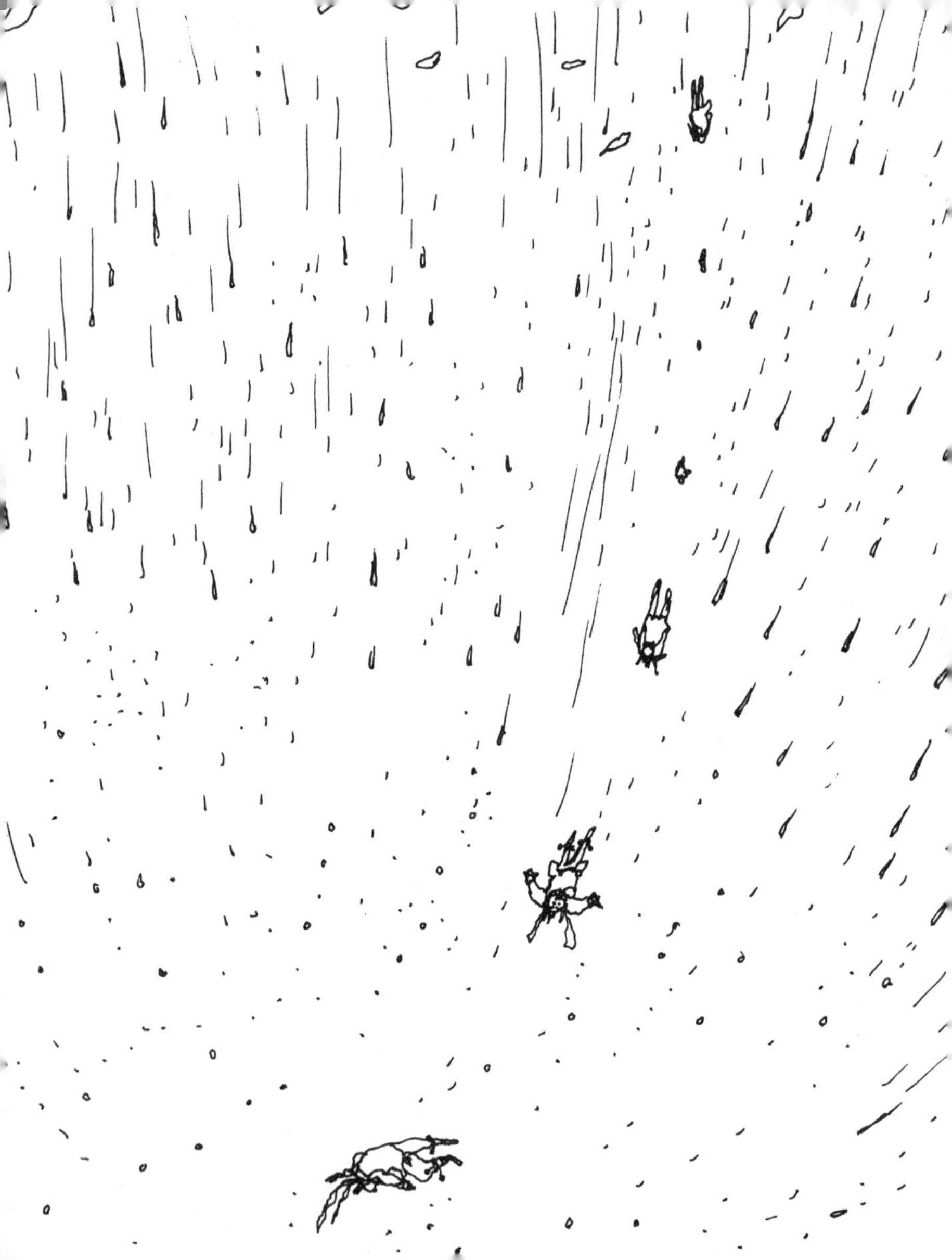

【その六】

いろとりどりの幽《ゆう》霊《れい》たち

「宇宙というところにはだれが住んでいるんだね？」

たまご和尚が聞きました。

「だれでも住んでる」

浜いちばんの漁師の首が答えました。

「だれも見えないが……」

「目を閉じれば見える」

たまご和尚は目を閉じました。

暗闇のなかにいくつもの
白い影が浮かびあがりました。
「?」
白い影は人影となり、
色とりどりの幽霊になりました。
「あっ!?」
たまご和尚の周囲には
色彩ゆたかな

おおぜいの幽霊が泣いたり笑ったりしていました。
「こっ、これは……」
たまご和尚の目を閉じた世界には
浜いちばんの漁師の首は
いませんでした。
「この幽霊たちはいったい、
なにを笑ったり泣いたり
しているんだろう？」
そのとき、
「たまご和尚ですね？」
紫の幽霊が近づいてきました。
「はい」
「私は美美の前の亭主です」
「エッ!?」
「美美は元気ですか？」
「いいえ、あなたのことを想って
哀しんでいました。
いまでもあなたを愛しているようです」
美美の前の亭主の紫の幽霊は
遠くをみつめていました。そして、とつぜん、

「美美」

泣きくずれました。

いっせいに周囲の幽霊たちの目が
泣きくずれた紫の幽霊に集まりました。

そしてたまご和尚をにらみました。

「ちょっ、ちょっと待ってくれ」

たまご和尚はあわてて、

「泣かしたのは俺じゃない。この幽霊が勝手に……」

いいわけしましたが、
幽霊たちの冷たい視線はするどくなるばかりです。

「失礼します」

たまご和尚は逃げだしました。

しばらく走り、だれもいないところへ来て、

「ここならだいじょうぶ」

ふりかえると
「あっ!?」

紫の幽霊が立っていました。

「もう話すことはありません」

「いえ、あります」

「愛した美美は、前の亭主のあなたを愛している。

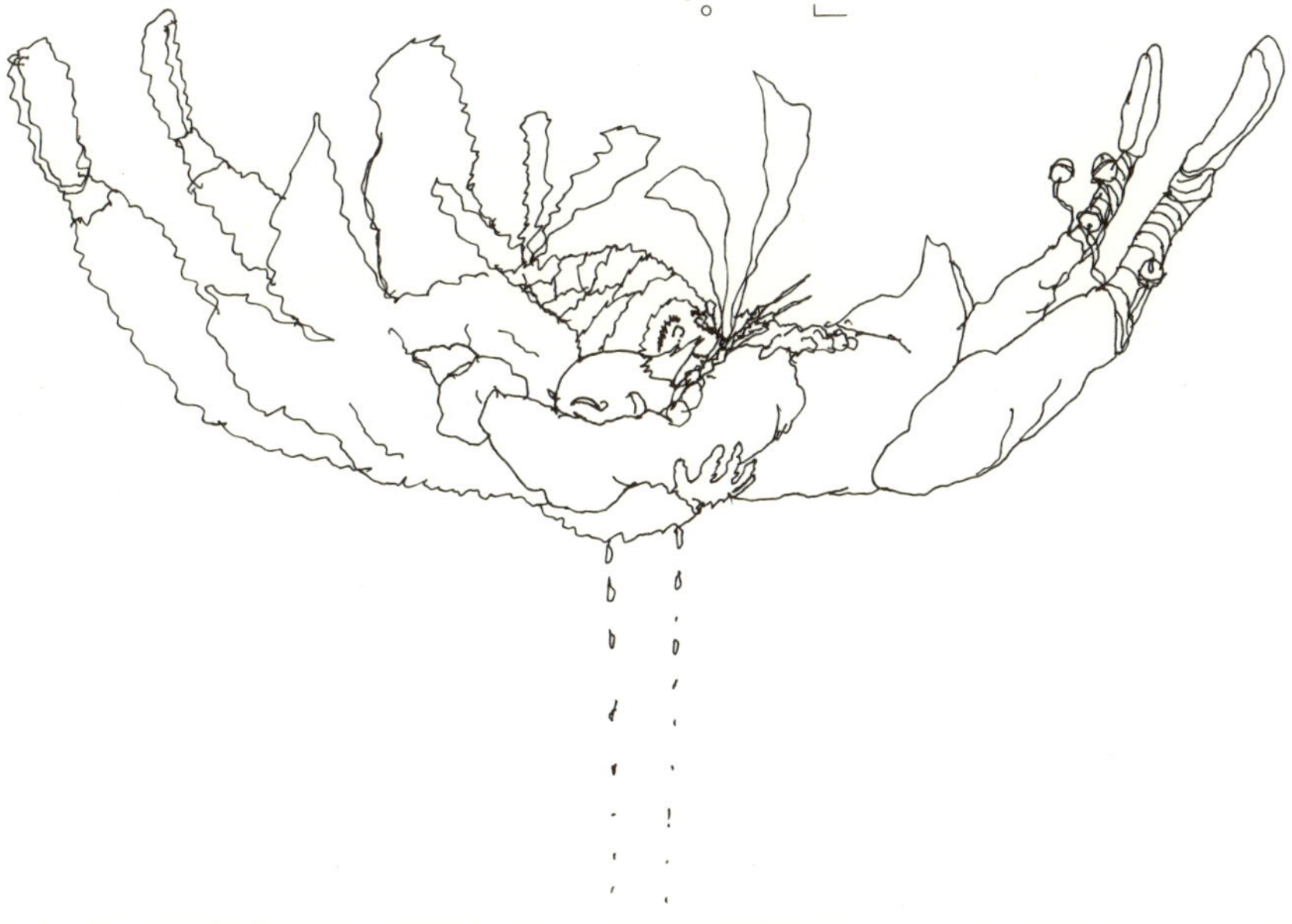

泣きたいのはこっちですよ」

「泣きなさい」

「おまえ、けんかを売っているのか！」

たまご和尚がおこりました。

「めっそうもない」

紫の幽霊が下手《した て》にでたとき、

「あっ、話すことあった」

「でしょう」

「あなた、聖婆々に殺されたってほんとうですか？」

「そのとおり」

「やっぱり」

「美美をたまご和尚と結婚させるために、私を殺したんです」

「ひどい母親だ」

紫の幽霊がふたたび泣きくずれました。

「ここならだれもいないから
どんなに泣いてもだいじょうぶ。俺も泣こう」

たまご和尚も泣きくずれました。

ふたりの泣き声が暗闇の世界に響きわたりました。

「うるさーい！」

赤、緑、黄の幽霊がどなりこんできました。

「すみません」

たまご和尚があやまりました。

「あっ、おまえは！」

赤の幽霊がたまご和尚を見て驚きました。

「俺を殺した赤ん坊だ」

赤の幽霊は女房に頭のあがらない船頭でした。

「ということは俺がすわった駝鳥の卵？」

緑の幽霊は落雷で死んだ旅の商人でした。

「ということは俺が盗んだ駝鳥の卵？」

黄色の幽霊は荒寺の泥棒坊主でした。

「大きくなったなあ」

赤、緑、黄の幽霊は
たまご和尚を見てなつかしがりましたが、

「再会をよろこんでいる場合じゃない」

赤の幽霊が思いだしました。

「俺たちはこいつに殺されたんだ」

「そうだった、そうだった」

緑、黄の幽霊も思いだし、

「かたき討ちだ」

たまご和尚に襲いかかりました。

「こら離せ」
たまご和尚は赤、緑、黄の幽霊を
投げとばそうとしましたが、
「ちからが出ない」
赤、緑、黄の幽霊は
たまご和尚の
首を絞めつけました。

「た、たすけて」

たまご和尚は紫の幽霊にたすけを求めましたが、

「急ぎますので」

紫の幽霊は去っていきました。

「くっ、苦しい……」

たまご和尚の意識がなくなる寸前、

「目を開けるんだ！」

浜いちばんの漁師の首の声が聞こえてきました。

「あっ!?」
たまご和尚が目を開けると
暗闇の世界が消え静かな宇宙にもどりました。
「また目を閉じると暗闇の世界にもどる」
「……」
首は注意しましたが、
たまご和尚は目を閉じました。

「いて――」

たまご和尚が赤、緑、黄の幽霊にかじられていました。

たまご和尚はあわてて目を開けました。

「不思議なもんだ」

「それが宇宙だ」

首が笑っていました。

「眠るなよ」

首がもういちど注意しました。

「眠るなと言われると……」

睡魔が襲い、

「眠くなるもんだ〜」

大きなあくびをしました。

「わがままなやつだ」

首があきれたとき、

「グ――――」

たまご和尚はいびきをかいて
眠ってしまいました。

「あ〜〜〜〜〜」
たまご和尚が赤、緑、黄の幽霊に
足の裏をくすぐられていました。

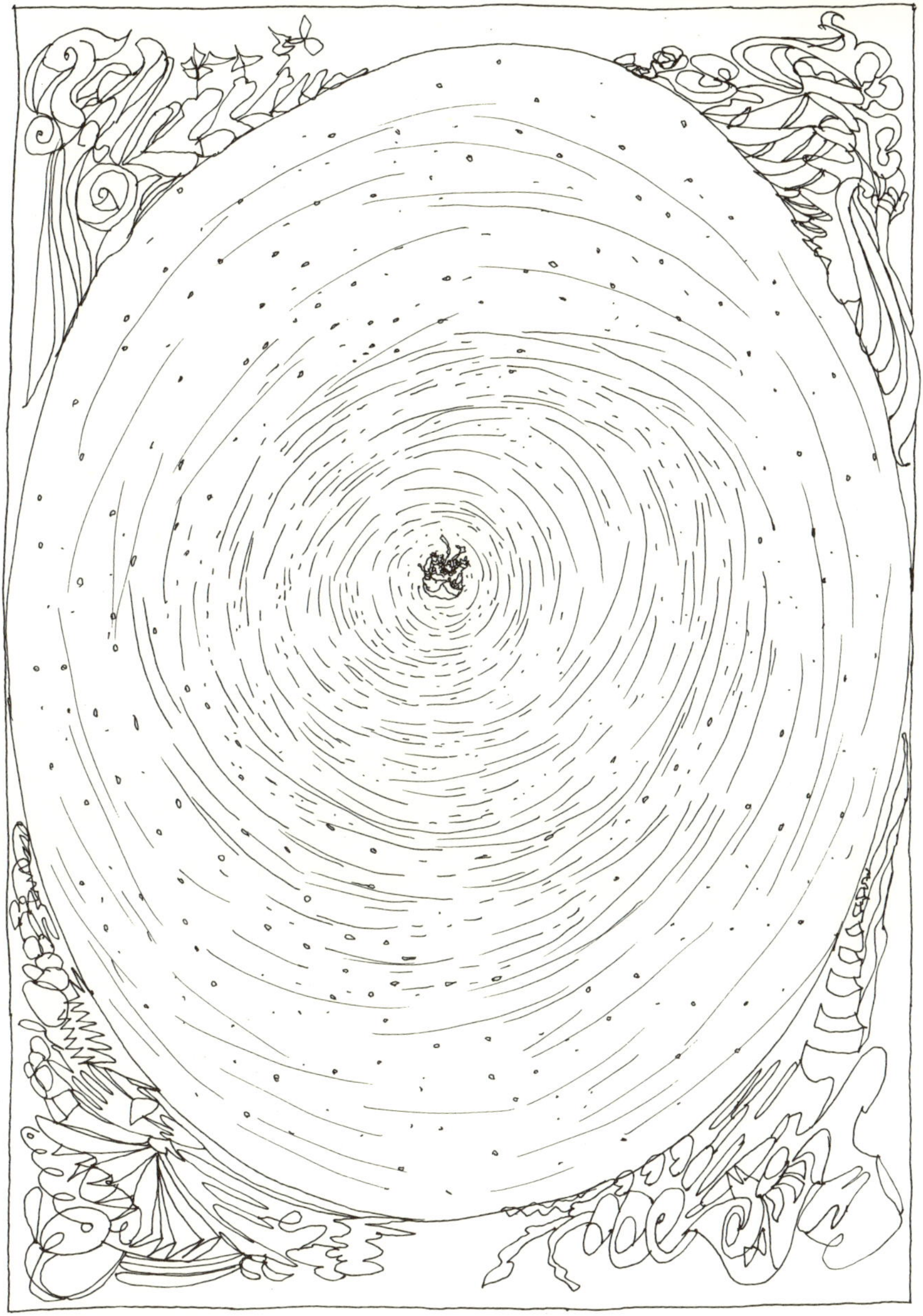

そのとき、どこからか鐘の音が聞こえてきました。

「あの音は？」

赤、緑、黄の幽霊が鐘の音の方向をみつめると、
色とりどりの幽霊たちが
小さな鐘を鳴らしながら歩いてきました。

「あの行列は？」

たまご和尚は聞きました。

「天国へも地獄へも行けない幽霊たちの迷いの行列だ」

緑の幽霊が答えました。

「俺たちも行かなくちゃ」

赤、緑、黄の幽霊も行列に参加しました。

「天国へも地獄へも行けない幽霊たちの、迷いの行列……」

行列のなかに見覚えのある顔がありました。

「あれは白猿神《はくえんじん》……」

白雲洞《はくうんどう》の白猿神の幽霊でした。

「白猿神さま」

たまご和尚が声をかけました。

「おまえは……、そうだ、わしが眠ったすきに
『天書の道法』を写した……」

「たまご和尚です」

「ようやく自分の名前を思い出したな」

白猿神の幽霊が笑いました。

「白猿神さまがどうしてこんなところに？」

「あの兄弟に？」

「湖畔の料理屋の兄弟に謀《はか》られた」

「毒汁を飲まされた」

「信じられない」

「兄弟を甘く見たわしがばかだった」

白猿神が笑いました。たまご和尚も笑いました。

「おまえが笑うな」

「すみません」

「たのみたいことがある」

「なんでしょう」

「わしのかたきを討《う》ってくれ」

「いまの俺には無理です」

「なぜじゃ。白雲洞の壁から盗んだ
『天書の道法』の術を会得したのでは？」

「ちからが湧《わ》かないのです。それに弟子にも敗れました」

「白雲洞には『天書の道法』の裏本がある」

白猿神の幽霊がニヤリと笑いました。

「裏本？」
「それに
書かれている
術を会得すれば
おまえのちからは蘇《よみがえ》り、
弟子にも勝てるだろう」
「しかし、いまの俺には
白雲洞に行く方法さえわかりません」
「わしにまかせなさい」
「おまかせします」
白猿神の幽霊は大きく息を吸いこみ、
「白雲洞に送れ――――」

たまご和尚に息を吹きかけました。

「あ―――」

たまご和尚が目覚めました。

「よく寝たな」

首が添い寝していました。

「俺はこれから白雲洞に飛ばされる。おまえも行くか？」

「俺も行く」

たまご和尚は首を抱きかかえました。

その瞬間、風が吹きました。

「あ―――」

たまご和尚と首が飛ばされていきました。

【その七】

ふたたび修行中《しゅぎょうちゅう》

白
雲

雲《うん》夢《む》山《ざん》の白雲洞は、
にぎやかな
観光地となっていました。
湖畔の料理屋の兄弟は、
白猿神をたおしたあと、
白雲洞にも料理屋を
開きました。
その料理屋が
大当たりしたのです。
「この客たちはいったい
どこから
来るのだろう?」
白雲洞に行く途中の
茶屋で働く
浜いちばんの漁師の
弟子は考えました。
そのとき、
「あっ、あれは……」
白雲洞へ向かう
客たちのなかに

たまご和尚を見つけました。

「たまご和尚！」

声をかけるとたまご和尚がふりかえりました。

「あっ!?」

浜いちばんの漁師の弟子は驚きました。

たまご和尚のふところで、
浜いちばんの漁師の
首がほほえんでいたからです。

「せ、先生……」

「弟子よ。元気でおったか」

「元気でおりました」

「で、俺の胴体は？」

「店の奥で団子《だんご》を作っております。

すぐ呼んでまいります」

「いや、俺が行く」

店の奥で胴体が団子を作っていました。

「帰ってきたぞ」

胴体がふりかえりました。

「だいぶたくましくなったようだな」

胴体はすばやく首をとらえて

からだのてっぺんに置きました。
「反対だ」
胴体はあわてて首を回し、
前向きに直しました。
「なつかしい……」
浜いちばんの漁師は自分の
からだのにおいをかぎました。
小さな弟が白雲洞の
料理屋で働いていました。
「こんなにもうかって
いいものか?」
つぶやいたとき、
妻が来て言いました。
「困った客が来ました」
「なにを困った?」
「客が店の壁を
こわしております」
「それは困る」
小さな弟はあわてました。

「この壁のなかに『天書の道法の裏本』が
かくされているはずだ」

たまご和尚と浜いちばんの漁師と
その弟子が店の壁をこわしていました。

「たまご和尚、この壁のなかには
『天書の道法の裏本』はございません！」

小さな弟が叫びました。

「小さな弟よ、ではどこにある！」

たまご和尚も叫びました。

「この店を作るとき、
白雲洞の壁の一部をとりこわしました。

そのとき、たしかに
『天書の道法の裏本』が発見されました」

「やはり」

「大きな兄が湖畔に持ち帰り、ただいま修行中でございます」

「よく教えてくれた」

たまご和尚が湖畔に向かおうとしたとき、

「信じていいのか？」

浜いちばんの漁師が引きとめ、

「白猿神との約束は？」

「忘れておった」
ふりかえって小さな弟に、
「白猿神の幽霊に
かたきを討ってくれと言われている」
「それは誤解です。
あの白猿神はとんでもない
食わせ物です」
「どこがとんでもない
食わせ物なのだ？」
「女ができたのでございます」
「女？」
「胡桃《くるみ》のにおいのする娘と母に
白猿神は恋をしたのです」
「胡桃のにおいのする娘と母？
どこかで会ったような……」
「白猿神は湖畔の店に
娘と母を連れてきたのです。
そして鯰《なまず》料理を食べました。
娘と母にその食べっぷりをほめられると、
なおも食べました。

そしてあっけなく満腹死したのです」

「ほんとうか？」

「これがほんとうだから
とんでもない食わせ物だと言っているのです。

雲夢洞の白猿神が満腹死とは……」

「たしかにとんでもない食わせ物だ。で、娘と母は？」

「兄といっしょでございます」


大きな兄が湖畔で『天書の道法の裏本』をみつめていました。

「……」

読んでいるのか読んでいないのか
だれにもわかりません。

「おかあさま、こんなばかを
たよった私たちがばかでした」

「そのとおり」

胡桃のにおいのする娘と母はなげきました。

「あっ、魚が跳《は》ねた」

「そのとおり」

「あっ、鳥が飛んでる」

「そのとおり」

母は痴呆《ちほう》が進んでいました。
たまご和尚と浜いちばんの漁師とその弟子が来ました。
「このにおいだ」
「知っているのか？」
「俺が赤ん坊のとき、
乳を吸わせてくれた
胡桃の木がある家の

母と娘さんだ」
たまご和尚は
覚えていました。

娘も覚えていました。

「大きくなりましたわね」

「そのとおり」

母はさだかではありません。

「おかあさま、この方たちが来て
にわかにおもしろくなりそう」

「そのとおり」

「もうすこしここに残りましょう」

「そのとおり」

「みなさん、
ごらんになって。

湖でお魚が
跳ねていらっしゃるわ」

「そのとおり」

「小鳥さんも飛んでいらっしゃる」

「そのとおり」

「すこし静かにしてくれませんか」

たまご和尚がたしなめました。

「なによ。乳をあげた恩も忘れて」

「そのとおり」

「張りたおすぞ」

たまご和尚がおこりました。

「おかあさま、逃げましょう」

「そのとおり」

娘と母は木かげにかくれました。

「ようやく静かになった」

　たまご和尚は安堵《あんど》しました。

「大きい兄よ。

俺のことを覚えているか？」

大きい兄が薄笑いを浮かべました。

　そのとき、
木かげから娘と母が顔を出しました。

「きもちわるい笑い方」

「そのとおり」

「俺が追っぱらってくる」

浜いちばんの漁師が木かげに向かいました。

「俺も行きます」

弟子も追いました。

「キャ――」

娘と母は悲鳴をあげ、逃げだしました。

「俺にも『天書の道法の裏本』を
見せてほしい」

たまご和尚が頭を下げてたのみました。

大きな兄がうなずきました。

「ありがとう」


娘は逃げながら感じました。

「おかあさま」

「そのとおり」

「私、胸があつい」

「そのとおり」

「きっと、また恋をしてしまったのね」

「そのとおり」

「どちらかしら？」

「そのとおり」

「先生と呼ばれ、いばっているあの男？

それとも、その男を
先生と呼ぶ私好みの若者？」

「そのとおり」

「答えはあきらか！」

「そのとおり」

とつぜん、娘と母は立ちどまりました。

「？」

追いかける浜いちばんの漁師と
弟子も立ちどまりました。

「好きです」

娘がふりかえり告白しました。

「俺？」

浜いちばんの漁師がとまどいました。

「ちがいます」

「じゃあ、俺？」

弟子がとまどいました。

「なにか文句がございますか？」

娘が弟子にせまりました。

「ございます」

弟子があわてて逃げだしました。

「ござらん」

娘が追いかけました。

「……」

浜いちばんの漁師が
呆《ぼう》然《ぜん》としていると、

「そのとおり」

母がほほえみながら
ふりかえりました。

「そのとおり」

母が浜いちばんの漁師に
せまりました。

「な、なんだ、この婆さん……」

浜いちばんの漁師は

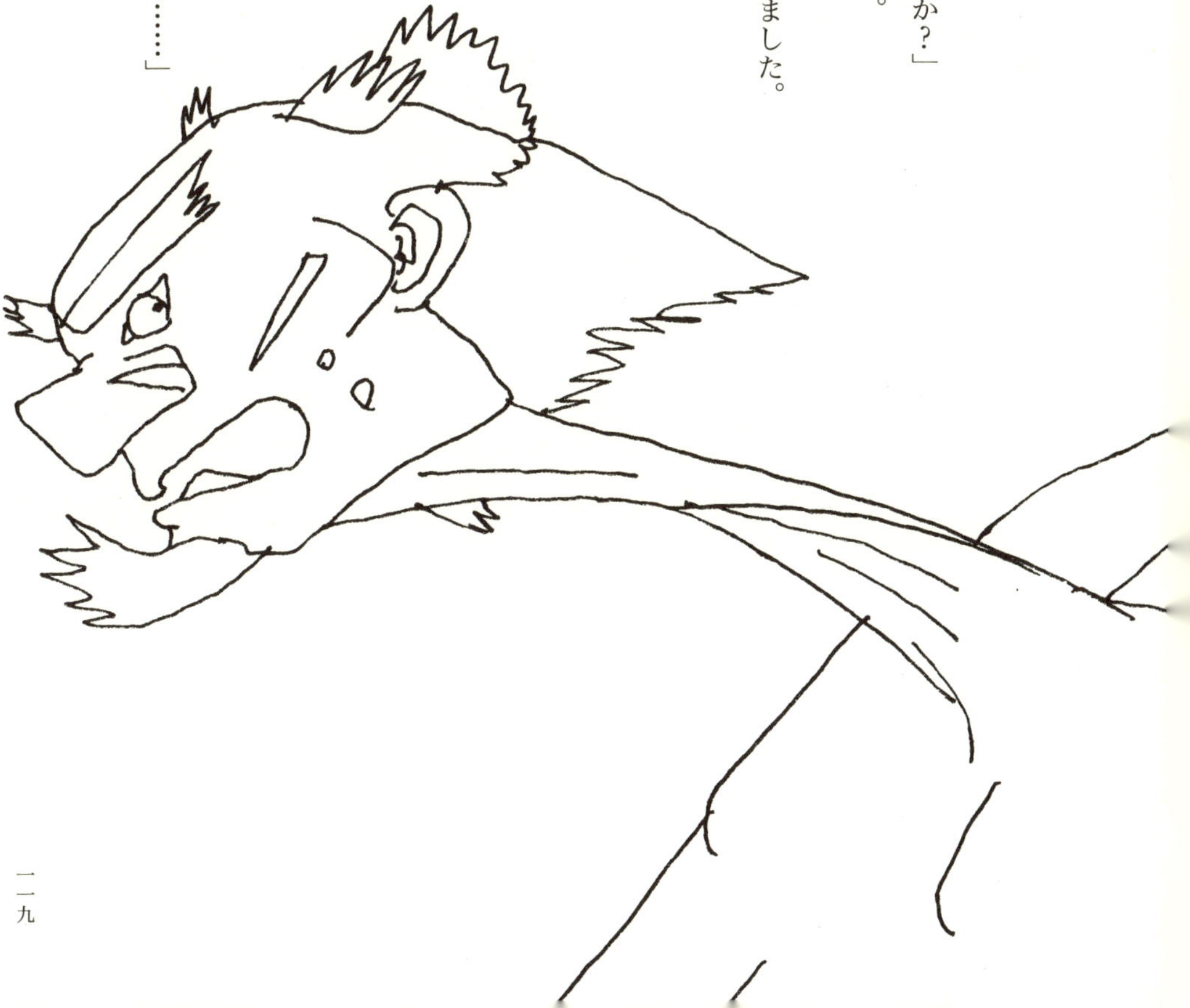

きもちわるくなり
逃げだそうとしましたが、
「あっ!?」
胴体が逃げようと
しません。
「こらっ、逃げるんだ」

胴体は言うことを聞きません。
「おまえ、まさか、この婆さんにほれて……」

胴体が照れました。

「なに考えてんだ、このやろう」

胴体を叱りました。

すると胴体の手が頭をなぐりました。

「いてっ、なにすんだ！」

胴体の手が両耳をひっぱりました。

「ギャッ」

胴体の手が鼻の穴に指を突っこみました。

「ウェー」

胴体の手が口をこじあけ、
のどちんこをにぎりました。

「ガォ――――」

浜いちばんの漁師が
絶叫する姿を見て、

「そのとおり」

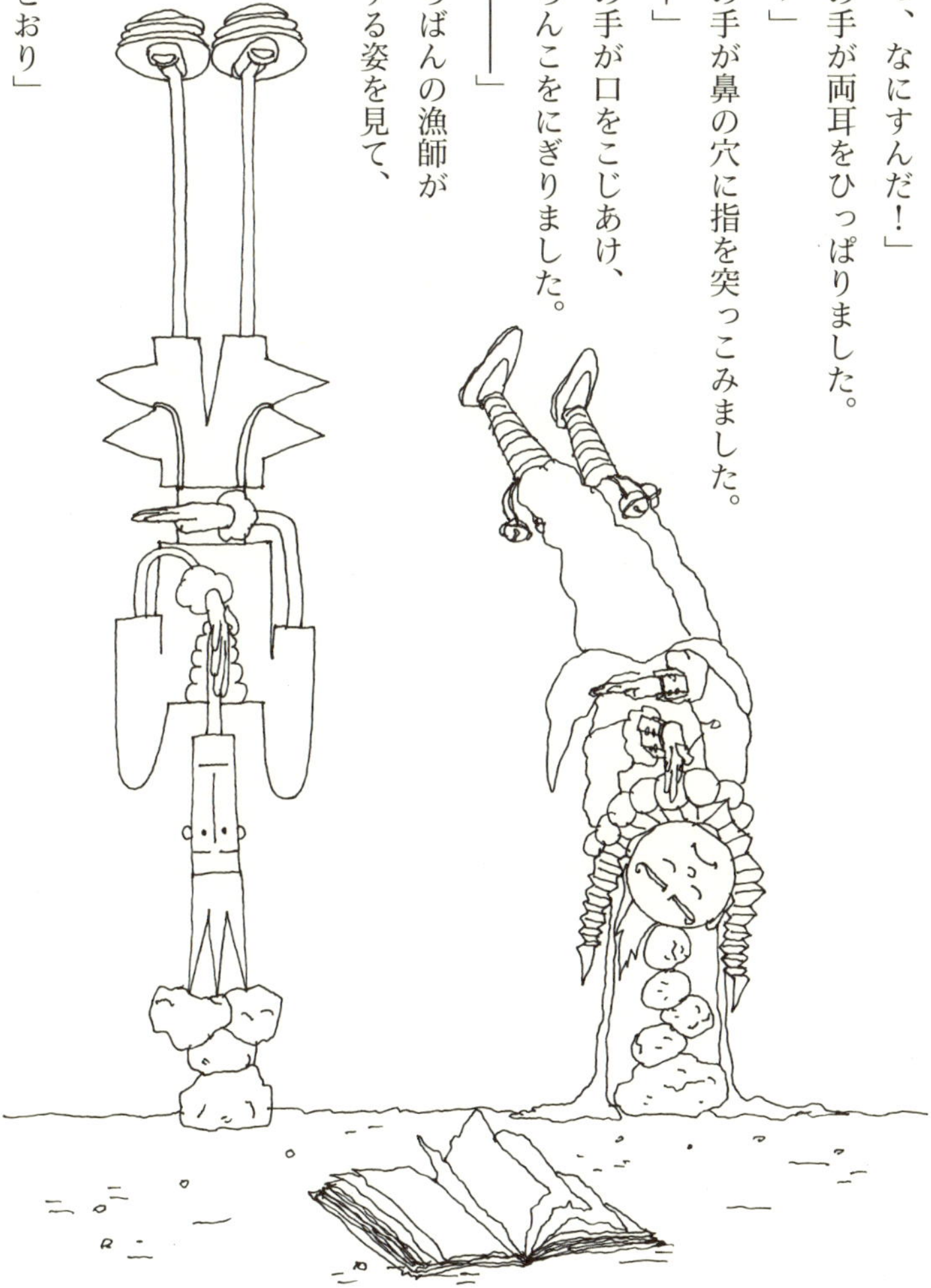

母は手をたたいてよろこんでいました。

たまご和尚は大きな兄と
『天書の道法の裏本』の術の練習をしました。

なんにちもなんにちも……。

「どうしてこんなに気分がいいのだろう」

たまご和尚は思いました。

「まだ『天書の道法の裏本』の術を
すべて会得していないのに」

大きい兄が静かに練習していました。

「そうか、あいつのせいだ」

たまご和尚は
なにもしゃべらない大きな兄が好きでした。

そこへ浜いちばんの漁師の首だけが帰ってきました。

「からだはどうした?」

「胡桃のにおいのする母に恋した」

「弟子は?」

「胡桃のにおいのする娘といっしょになった」

たまご和尚が笑いました。

大きな兄も薄笑いを浮かべました。

首も笑いました。
ほんとうにきもちのよい
湖畔の一日でした。

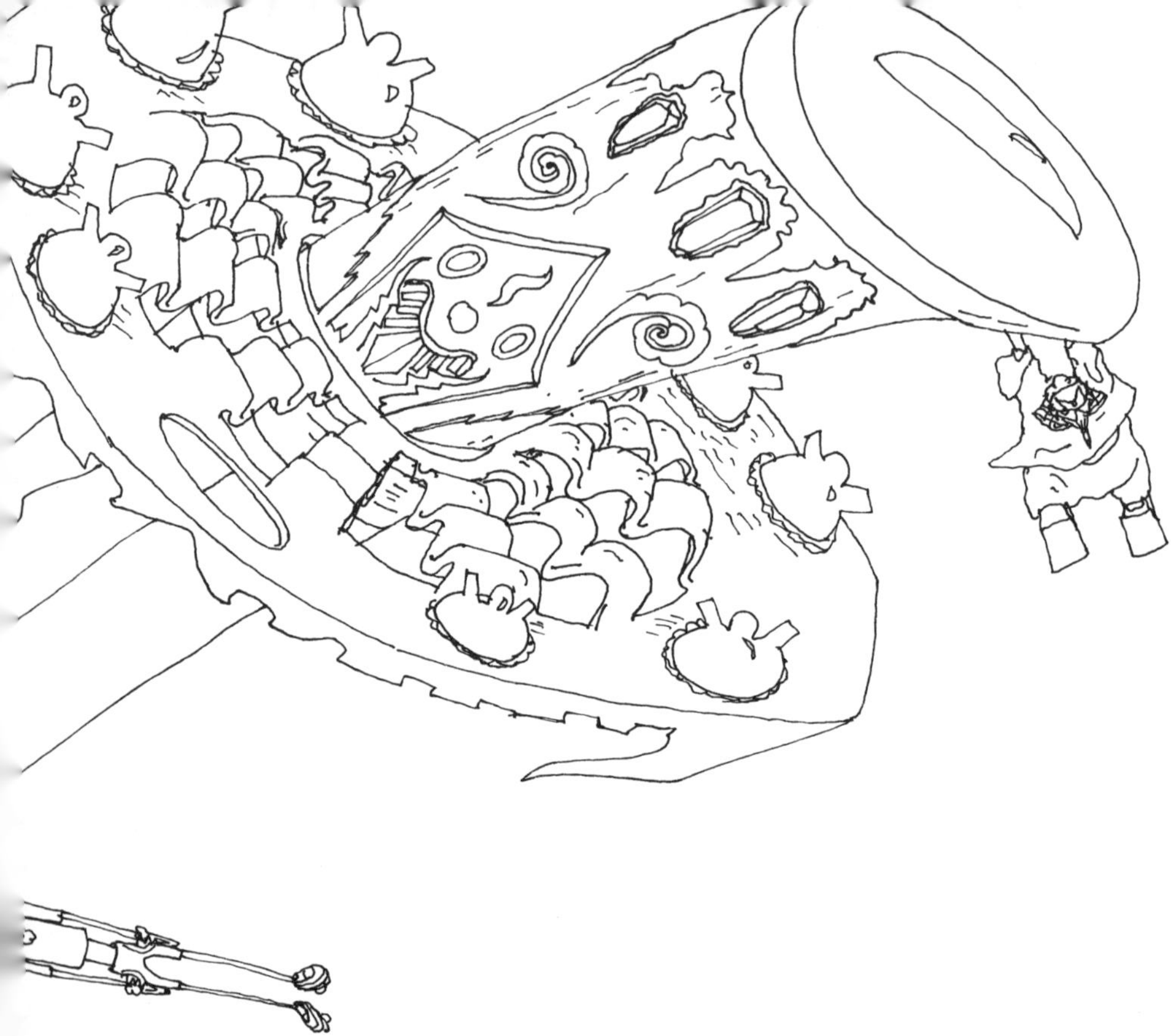

【その八】

幸《こう》福《ふく》とひきかえに

駄駄は『天書の道法』の術を
使って、村や町をつぎつぎと
支配していきました。
ある村では蛙《かえる》を大声で鳴かせ、
村の人たちを
睡眠不足にしました。
ある町では雲を岩に変え、
町の人たちに落としました。
「このままでは
わしまでたおされる」
聖婆々は恐れました。
「駄駄」
「なんだ、かあちゃん？」
「すこし休め」
「どうして？」
「どうしても」
「俺、休みたくない」
「かあちゃんの言うことが
聞けないのか？」
「聞けない」

「駄駄！」

「なんだ？」

「これまで育てられた恩を忘れたか？」

「忘れた」

聖婆々はあきれました。

「ここまでばかだったとは……」

なげきました。

「かあちゃん」

「なんだ？」

「失礼だぞ。本人の目の前で
あきれてなげくなんて」

「おまえは母親に説教するつもりか」

「そのつもりだ」

「この親不孝者が」

「こんな俺にだれがした」

親子げんかがはじまりました。

「あいかわらずだな」

たまご和尚が
木の上で笑って見ていました。

「……」

聖婆々と駄駄がけんかを中断しました。

「たまご和尚は死んだはずでは？」

聖婆々が駄駄に小声で聞きました。

「死ぬほど遠くへ投げとばしてやった」

駄駄が小声で答えました。

「？」

ふたたびたまご和尚をみつめました。

「俺は生きてる」

たまご和尚が木から飛び降りました。

「なにしに来た？」

「もちろん、おまえたちをたおしに」

「駄駄、あとはまかせた」

聖婆々がすばやく逃げていきました。

「かあちゃん……」

「駄駄、俺をたおしたときより強くなったか？」

「なったと思う」

「俺も強くなった」

「ならいい勝負ができそうだね」

駄駄が笑いました。

「ああ」

たまご和尚も笑いました。

「ハッハッハッハッハッハッ」

駄駄とたまご和尚はしばらく
笑いあっていましたが、

「きりがないから」

駄駄がとつぜん、

「大根を竜に変化させる術！」

を仕掛けました。

以前、たまご和尚をたおした術です。

たまご和尚はあわてず、

「竜を大根に変化させる術！」

で仕返しました。

『天書の道法の裏本』から学んだ術です。

勝負はあっけなくつきました。

竜から大根にもどった大根が
駄駄の頭にぶつかり、
駄駄がたおれました。

「駄駄？」

「かあちゃんのことを……

たの……む」

駄駄が死にました。

たまご和尚は困りました。

「そうだ。駄駄には
聞きたいことがあったんだ。

駄駄！　駄駄！」

駄駄のからだをゆすりました。

「死んでる場合じゃない」

なおもゆすりました。

「うるさいな」

駄駄の死体から駄駄の幽霊が出てきました。

「人がせっかくきもちよく死んでいるのに」

「美美はどこにいる？」

「姉ちゃん？」

「そうだ。俺の女房だ」

「新しい亭主と暮らしている」

「なにっ!?」

たまご和尚は驚きました。

「東の海の丘の上で百姓と暮らしている」

「……」

「会いにいくのか?」

「……」

「やめたほうがいいと思うけど」

そのとき、

「たまご和尚!」

「俺はこのへんで……」

首と大きな兄が向かってきました。

駄駄の幽霊が駄駄の死体にもどりました。

たまご和尚は東の海へ急ぎました。

「俺も行かないほうがいいと思う」

首がとめようとしましたが、

「美美は俺の女房だ」

「……」

首はもうなにも言えませんでした。
東の海はキラキラ輝いていました。
「あなた、すこし休もう」
美美は丘の上で亭主と
畑を耕《たがや》していました。
「ことしもいい葱《ねぎ》ができそうだ」
亭主は煙草《たばこ》を吸いながら
東の海をみつめていました。
「……」
美美も東の海をみつめました。
「なんて幸福なんだろう」
美美はそう思いました。
「前の亭主のときも、
その前の亭主のときも、
こんな感じはいちども
味わったことがない……」
この幸福を大切にしたいと
美美が思ったとき、
「!?」

背中にこの幸福をこわす者が来ていることを感じました。

「家に帰ります」

美美は亭主を丘に残し去りました。

「この幸福をこわす者と私は戦う」

美美は家にはもどらず
幸福をこわす者の視線を感じた森に入っていきました。


「あっ!?」

たまご和尚が待っていました。

「死んだと思ってた……」

「俺は生きている」

「私の幸福をこわしにきたの？」

「美美の幸福？」

「あれがいまの亭主」

丘で働く亭主を指《さ》しました。

「やさしい人なの」

「俺はやさしくなかったか？」

「忘れたわ」

「思いだしてくれ」

「思いだしたくない」

「美美、おまえ、変わった」

「どこが？」

「前はもっと男を虜《とりこ》にする
キラキラしたものが……」

「そこの小川に捨てたわ」

「えっ？」

「もうじきあの人の
子どもが生まれるの」

美美のからだには
いまの亭主の子が宿っていました。

「私の幸福をこわさないで」

美美は丘にもどりました。

そして亭主と仲良く畑仕事をしました。

「……」

たまご和尚が森からみつめていました。

「たまご和尚、もういいだろう。

俺たちと帰ろう」

木かげから首と大きな兄が
出てきました。

「ああ」

たまご和尚が
森を去ろうとしたとき、
小川に目がとまりました。
「どうした？」
「美美がキラキラを
この小川に捨てたと……。
この小川は海へ……」
東の海が
キラキラ輝いていました。
「そうか、
あの東の海の輝きは
美美のキラキラ」

たまご和尚は
東の海の輝きをみつめました。
「……」
首も東の海の輝きをみつめました。
「たまご和尚」
「なんだ、首」
「こんな海、見て、
感動なんかするなよ」
「感動しちゃいけないのか？」
「いけない」
「どうして？」
「感動なんて、
心が汚れているやつや、
目のにごったやつが
するものだ」
「……」
「大きな兄を見ろ」
大きい兄も
東の海の輝きを
みつめていました。

「大きな兄は目が澄み
心も美しいから、
感動なんかしない。
ただ見るだけだ」
「まったくだ」
たまご和尚が笑いました。

【その九】

たまご和尚《おしょう》の願《ねが》いごと

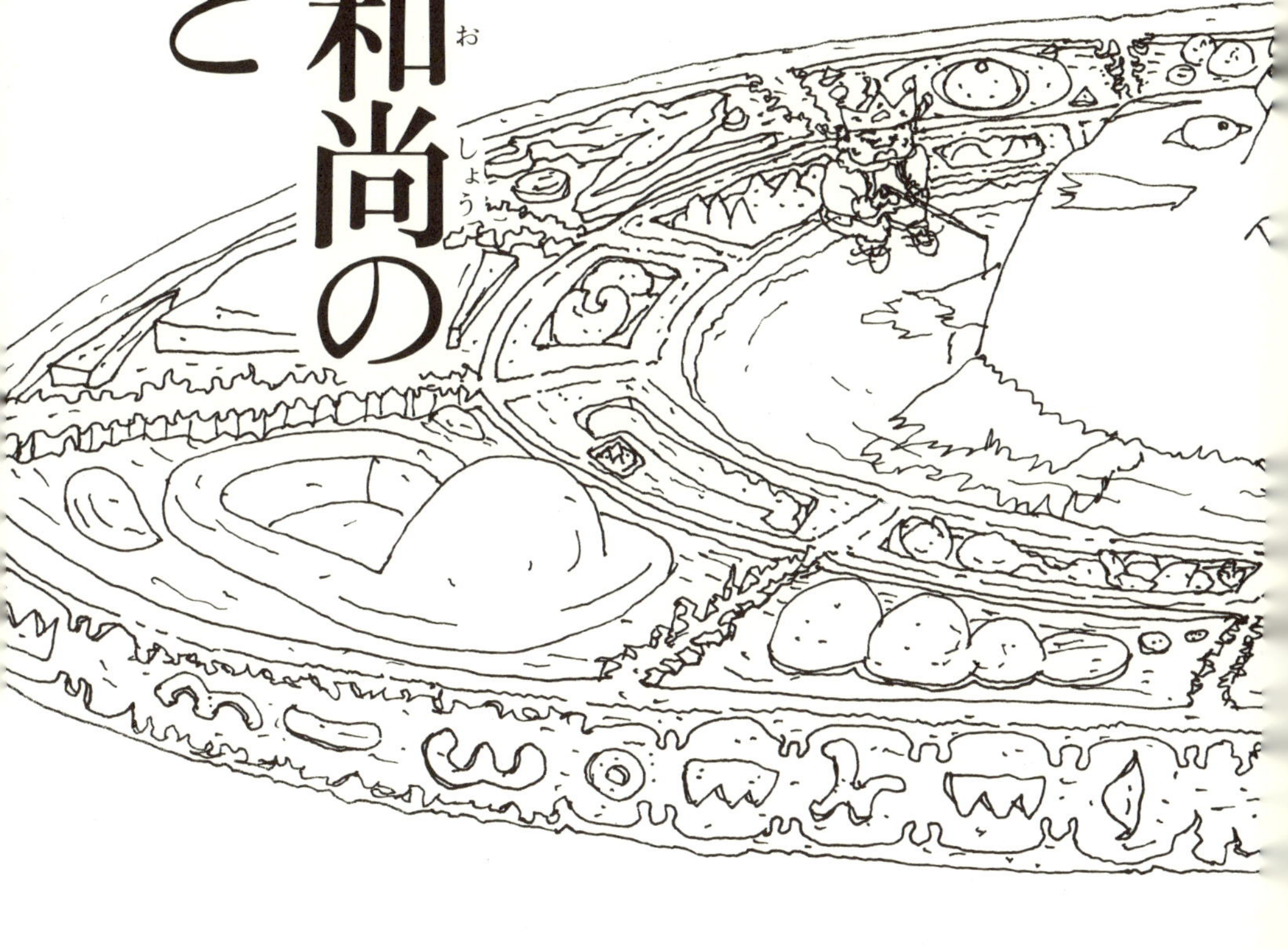

いまにも死にそうな
傘《かさ》張《は》りがいました。

「死ぬ前にいちど
良いことがしたい」

傘張りは
悪いことばかりしていました。

張夫妻がたずねてきました。

「死ぬ前に金を返せ」

傘張りは張夫妻に金を借りていました。

「もうすぐ死ぬので返せません」

「たまご和尚を殺せば許してやろう」

たまご和尚は大きな兄と
いかだを作っていました。

「いかだなど作ってどこへ行く?」

首が聞きました。

「川を下って……」

たまご和尚が答えました。

「川を下って?」

「海に出て……」

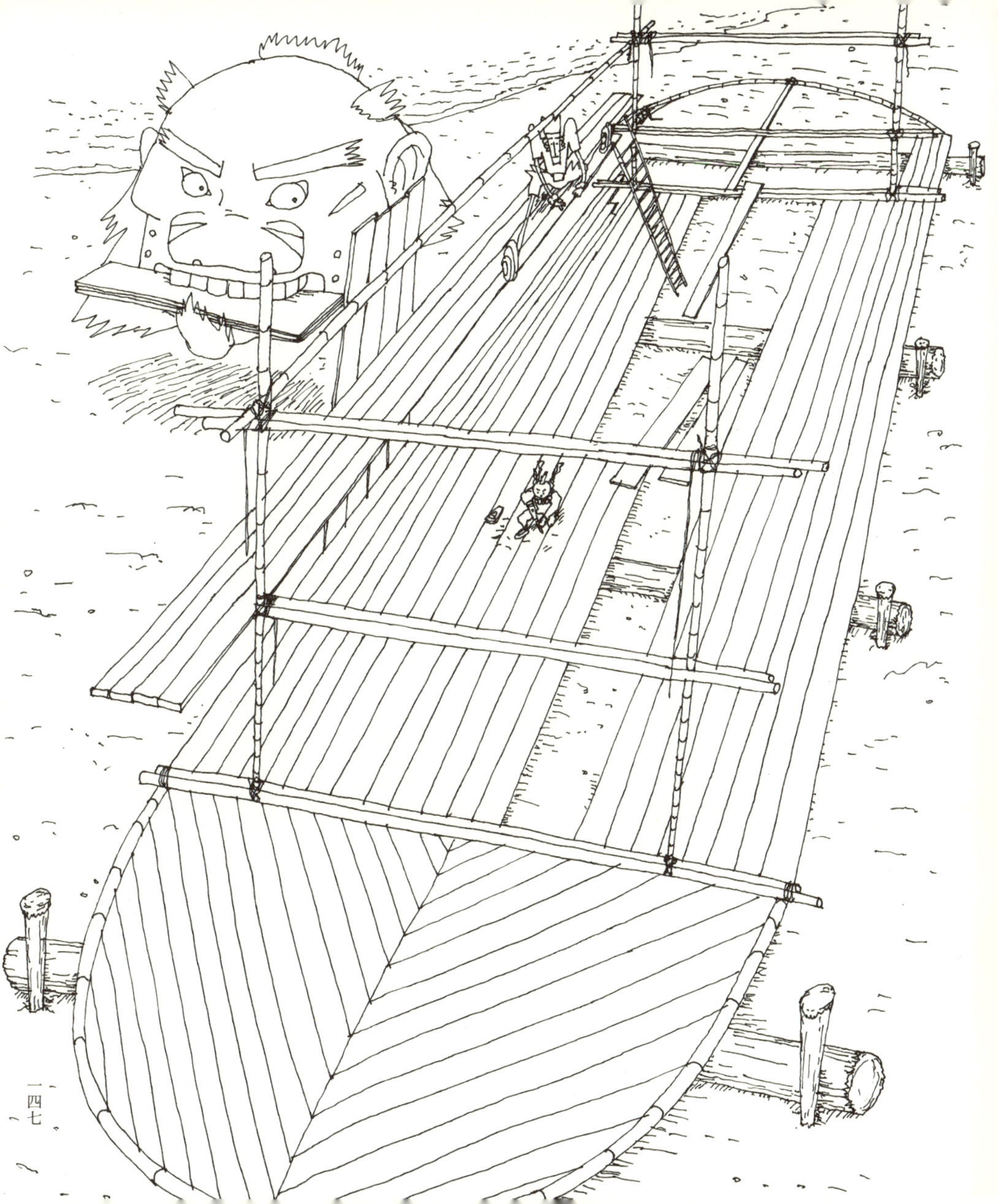

「海に出て？」

「おまえを飛ばした……」

「俺が飛んだ？」

「地獄でも天国でもない
宇宙と呼ばれている
ところへ昇る」

「たまご和尚、おまえ、
あそこが好きなのか？」

「ここより静かだ」

「……」

「首」

「なんだ？」

「手伝うのか？　手伝わないのか？」

「わかった」

首もいかだ作りを手伝いました。

「地獄でも天国でもない宇宙と呼ばれているところへ行く途中、

〝青い魚〟と会えればいいのにな」

首がつぶやきました。

「青い魚？」

たまご和尚が聞き返しました。

「俺が浜いちばんの漁師だったころ、
漁師の仲間が信じていた……」

「なにを信じていた？」

「青い魚と出会ったとき、願いごとをするとかならずかなうと」

「こわい顔した漁師がそんなことを信じているとは……プッ」

たまご和尚は思わず笑ってしまいました。

「なにがおかしい！」

首がおこりました。

「すまんすまん」

たまご和尚はあわててあやまりましたが、

「プッ」

ふたたび笑ってしまいました。

「もういい。笑いたいやつは笑え」

首がふてくされたとき、大きい兄が
作りかけのいかだのかげにかくれました。

「？」

作りかけのいかだのかげから
大きい兄の笑い声が聞こえてきました。

その光景を崖の上から傘張りがみつめてました。

「あいつがたまご和尚……」

傘張りはたまご和尚の顔に紙を張り、
呼吸ができないようにして殺す計画でしたが、

「ウッ!?」

とつぜん、胸が痛みだしました。

「ウ————!?」

その叫び声が
たまご和尚たちの耳に聞こえました。

「崖の上だ！」

たまご和尚と首と大きな兄は
崖をかけあがりました。

「ウ〰〰〰」

傘張りが苦しそうに
たおれていました。

「どこが苦しい？」

「胸が……」

たまご和尚が傘張りの胸を
さすりました。

「たすかりそうか？」

首が心配しました。

「わからん」

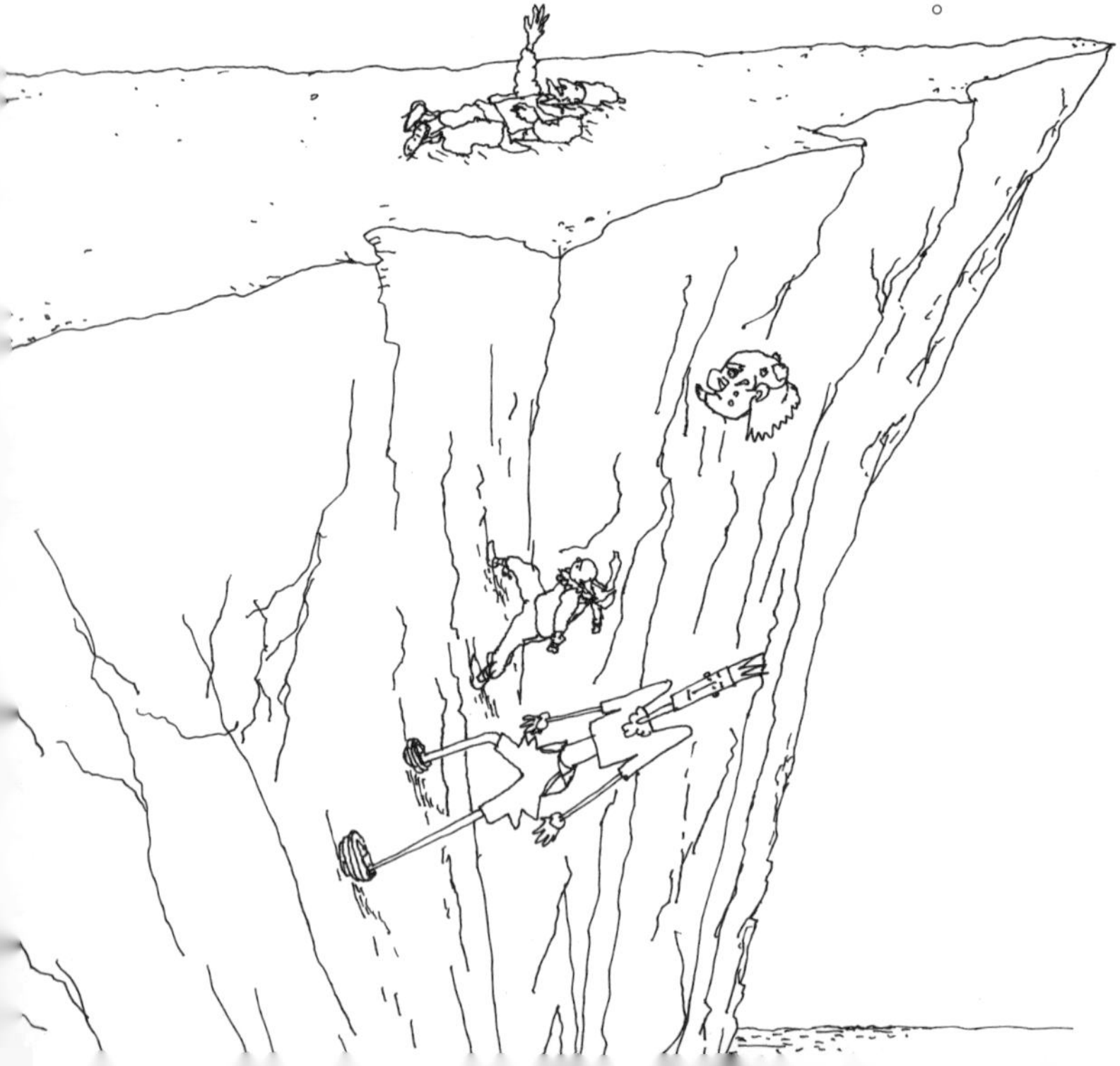

なおもさすりながら、

「陽が沈み月が出れば
たすかる方法がある」

「『天書の道法の裏本』の術か？」

「いや、『天書の道法』の
〃月光で病《やま》いを治す術〃だ」

「陽よ、早く沈め、月よ、出よ」

首が祈りました。

「ウ〜〜〜〜〜〜〜〜」

傘張りの苦しみが
激しくなりました。

「いちどだけでも
良いことをしたかった……」

苦しみのなかで傘張りは
そう思いました。

「なんとか生きろ！」

たまご和尚がはげましました。

大きい兄がとつぜん、踊りだしました。

「大きい兄？」

大きい兄は傘張りの苦痛の叫び声にのって

踊っていました。
「ウ〜〜〜」
傘張りの苦しみが
やわらぎはじめました。
「大きな兄の舞いが
この男の胸の苦しみを
癒《いや》している」
たまご和尚が
そう思ったとき、
陽が沈み月が出ました。
「月光よ、病いを治せ」
たまご和尚が祈りました。
「あっ、月が光った⁉」
首が叫びました。
「月の光が……」
いまにも死にそうな
傘張りのからだが
月光を浴びました。
傘張りが目覚めました。

「……」

　朝になっていました。

「たまご和尚は？」

　たまご和尚も首も大きい兄も
いかだの姿も見あたりません。

「胸の苦しみが消えている……」

　傘張りはたまご和尚に
命を救われたことを思いだしました。

「あのお方は俺の命の恩人」

そのことを張夫妻に告げました。

「もう殺すことはできません」

「貸した金は？」

「おかげで健康になりました。

　一生懸命傘張りをしてお返しします」

「返さなくともよい」

　張夫妻は傘張りを殺しました。

「あっ!?」

　傘張りが死ぬ寸前、

「やはり、いちどだけでも良いことをしたかった……」

　そう思った瞬間、

傘張りは〝青い魚〟になって
池に飛びこみました。

たまご和尚と首と大きい兄は
いかだにのって川を下っていました。
たまご和尚がきもちよさそうに
風にあたり、

〽真っ赤は赤い
真っ白は白い
真っ黒は黒い
真っ青は青い

歌っていたとき、
一匹の〝青い魚〟が
川面《かわも》を跳ねました。
「あっ、青い魚!?」
たまご和尚はすばやく目を閉じ、

「美美が幸福になれますように……」

祈りました。


きょうもまんじゅうはひとつも売れませんでした。

「女房に叱られる」

まんじゅう屋は女房を怖がっていました。

「子どもたちにも叱られる」

まんじゅう屋と女房には十八人もの子どもがいました。

「張夫妻に金を借りよう」

「たまご和尚を殺してくれれば
これだけやろう」
張夫妻はまんじゅう屋に
大金を差しだしました。
「ゲッ!?」
まんじゅう屋は
見たこともない
大金に驚きました。
「この金を持って
女房からも

子どもたちからも
逃げればよいのだ」

たまご和尚を殺すことを引きうけました。

まんじゅう屋はそう思い、
まんじゅう屋が
大金を持って張夫妻の家を出たとき、

「あっ!?」

家の前で女房と十八人の
子どもたちが待っていました。

「とうちゃん!!」

まんじゅう屋は逃げました。

「待てー!」

女房と十八人の子どもたちが追いました。

「待たない」

まんじゅう屋が橋の上から川に飛びこんだとき、

「あっ!?」

たまご和尚たちのいかだが
橋の下を通過するところでした。

「おたすけください」

橋からいかだに飛びのった

まんじゅう屋は、
たまご和尚にたすけを求めました。
「?」
女房と十八人の子どもたちも
つぎつぎに
飛び降りようとしています。
「???」
まんじゅう屋があわてて
事情をすべて話し、
「というわけです。
おたすけください」
たまご和尚にふたたび
たすけを求めました。
「俺がたまご和尚だ」
「ゲッ!?」
まんじゅう屋は絶叫し、
失神してしまいました。
「うちのとうちゃんになにしたの!」
飛び降りてきた女房がおこりました。
「とうちゃんになにするんだ!」

十八人の子どもたちもおこりました。
「すまんすまん」
たまご和尚は困りました。
「大きい兄、このいかだを
小さい弟の店のほうへ向けてくれ」
いかだが湖畔の
小さな弟の料理屋の前にとまりました。
「小さな弟よ、このまんじゅう屋に
おいしいまんじゅうの作り方を
教えてやってくれ」
「わかりました」
小さな弟はまんじゅう屋に
おいしいまんじゅうの
作り方を教えました。

まんじゅう屋は張夫妻に
大金を返しました。

「たまご和尚は？」

「殺せませんでした」

張夫妻はおこり、

まんじゅう屋を殺そうとしました。
「このまんじゅうをお食べください」
まんじゅう屋があわてて
新しく作ったまんじゅうを
差しだすと、
張夫妻はまんじゅうをほおばり、
「おいしい!?　こんなおいしい
まんじゅうを作れる者は殺せない」
思いなおしました。
店は大繁盛して、まんじゅう屋は
女房と十八人の子どもたちと
幸福に暮らしました。

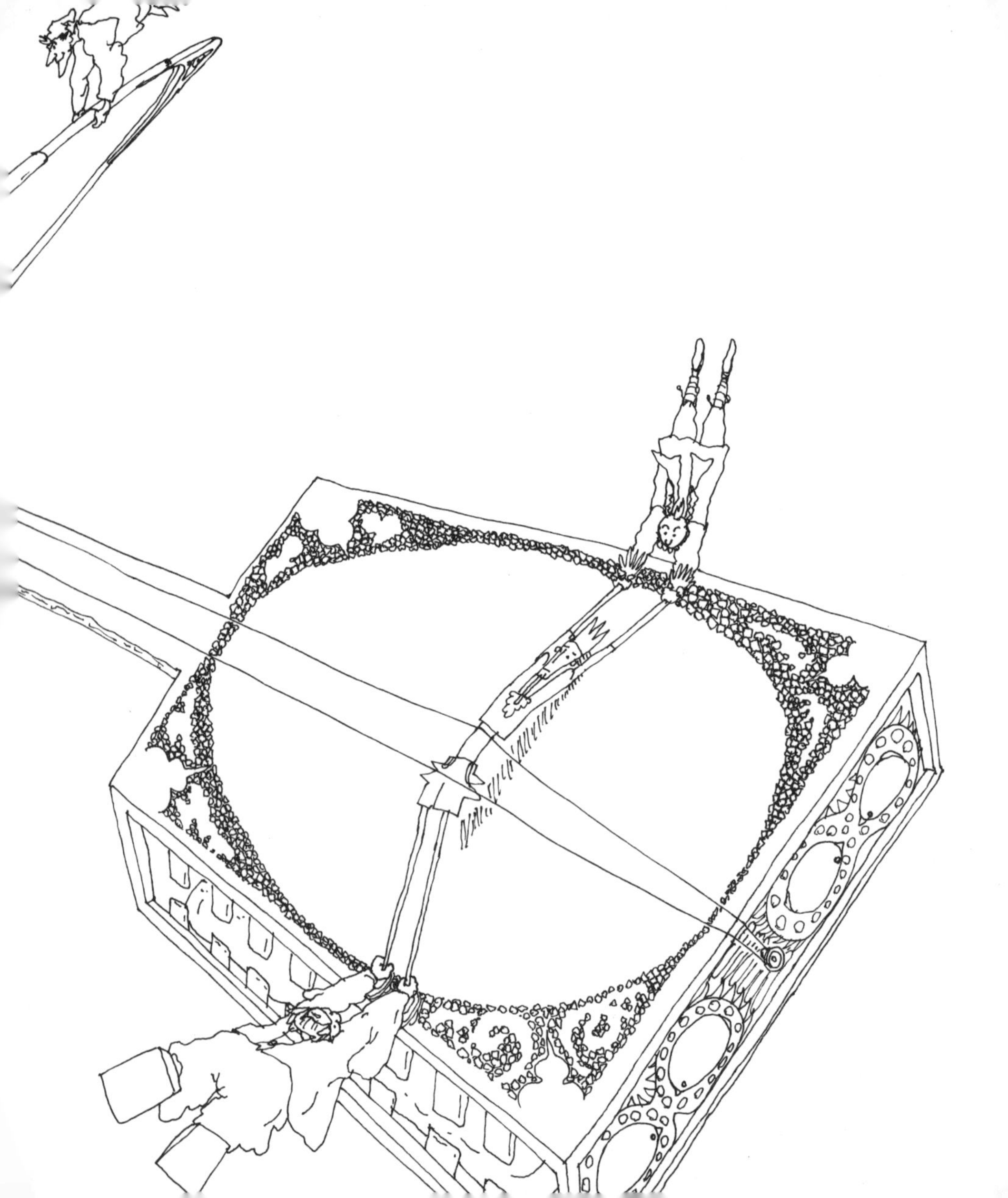

【その十】

いかだにのって

「この国はだれにも渡さん」

聖婆々は城に住んでいました。

張夫妻がまんじゅうを手みやげに
たずねてきました。

「こんにちは」

「たまご和尚は？」

「まだ生きてます」

聖婆々が激しくおこりました。

「あれほど早く殺せと言ったのに！」

張夫妻はあわてて逃げ帰りました。

「？」

聖婆々は張夫妻の置いていった
まんじゅうを食べました。

「こりゃうまい！」

聖婆々はまんじゅうを
城の天井裏にかくしました。

はげ頭でひげづらの美女たちが畑で、

「グー……」

いびきをかいて寝ていました。

「起きろー」

張夫妻が来て叫びました。

「グ――……」

はげ頭でひげづらの
美女たちは
起きませんでした。

「たのむから起きてください」

張夫妻は
土下座してたのみました。

「グ――……」

とつぜん、

「コケコッコ――」

張夫妻は鶏《にわとり》になって
起こそうとしました。

「グ――……」

こんどは、

「ブーブー」

豚《ぶた》になって起こそうとしました。

「グ――……」

そして、

「ゲロゲロゲロゲロ」

蛙になって起こそうとしました。

「……」

はげ頭でひげづらの美女たちは張夫妻に同情して起きました。


たまご和尚と首と大きな兄をのせたいかだが
海に浮かんでいました。

「問題は、どうやってあの天国でも地獄でもない
宇宙と呼ばれるところへ行くかだが……」

たまご和尚が空を見あげて考えました。

「術を使えば簡単に行けそうな気がするが？」

首が問いました。

「簡単すぎるのはおもしろくない」

たまご和尚が答えました。

「なにしに行くのだ？」

「退屈しに」

「退屈はおもしろくないだろ？」

「退屈がいちばんおもしろい」

「わからん」

「わかってもわからなくても同じだ」

そのとき、

「あっ、蛍《ほたる》だ」

無数の蛍が飛んできました。

「海だというのに……」

蛍たちはたまご和尚を囲みました。

「きれいだ……」

たまご和尚たちが蛍に見ほれたとき、

「あっ⁉」

蛍ははげ頭で
ひげづらの美女たちになって
たまご和尚たちを襲いました。

「あ――――」

たまご和尚たちはつかまりました。

「もうこれまでだ。たまご和尚」

張夫妻が舟でやってきました。

「たまご和尚を燃やせ！」

はげ頭でひげづらの美女たちが
いかだに火をつけました。

「このままだと俺たち、
いかだごと焼かれてしまうぞ」

首が心配しました。
「……」
たまご和尚は
いかだに炎が
立つのを見さだめ、
「炎よ、兵となれ――」
いかだの炎が
つぎつぎと
兵に変身しました。
「あっ!?」
張夫妻は驚きました。
はげ頭でひげづらの美女たちは
炎の兵の美しさに見ほれました。
「大きい兄、歌ってくれないか」
大きい兄が歌いだしました。

〽炎の兵士と踊ろう
炎の哀しみはあなたの哀しみ
炎の歓びはあなたの歓び
炎の兵士と踊ろう

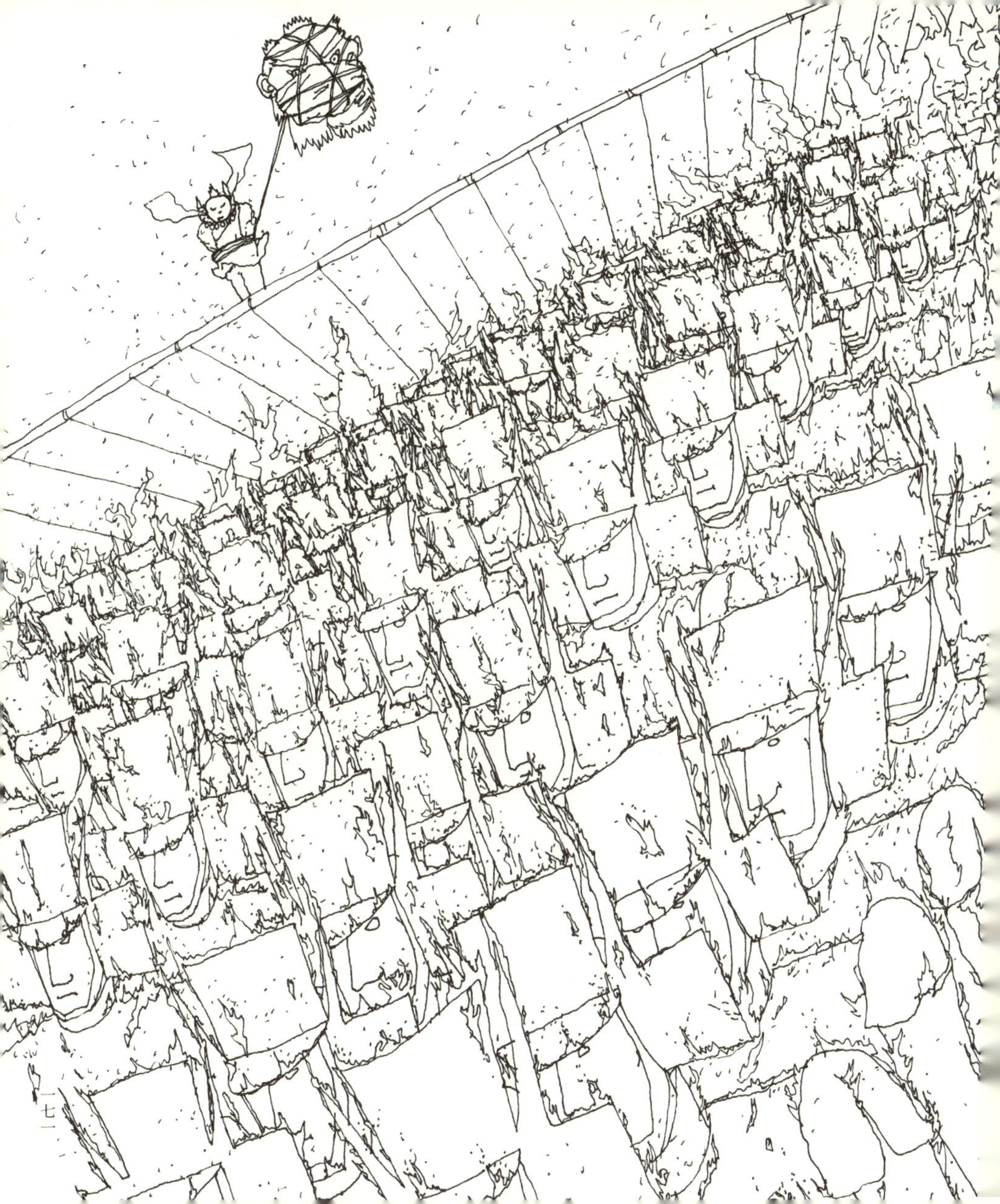

はげ頭でひげづらの美女たちは
炎の兵たちと腕を組み踊りだしました。

「私たちも」

張夫妻も踊りましたが、

「踊っている場合じゃない」

足をとめ、

「炎の兵たちを食べてしまえ！」

はげ頭でひげづらの美女たちに命じました。

「はい」

はげ頭でひげづらの美女たちはうれしそうに
炎の兵たちを食べはじめました。

「あいつら、熱くないのか？」

首が不思議がりました。

「首よ、炎の兵たちに
海の水をかけてくれないか」

たまご和尚が指示すると、

「わかった」

首は海水を大量に口に含み、
炎の兵たちに吹きかけました。

「塩っから――――い」

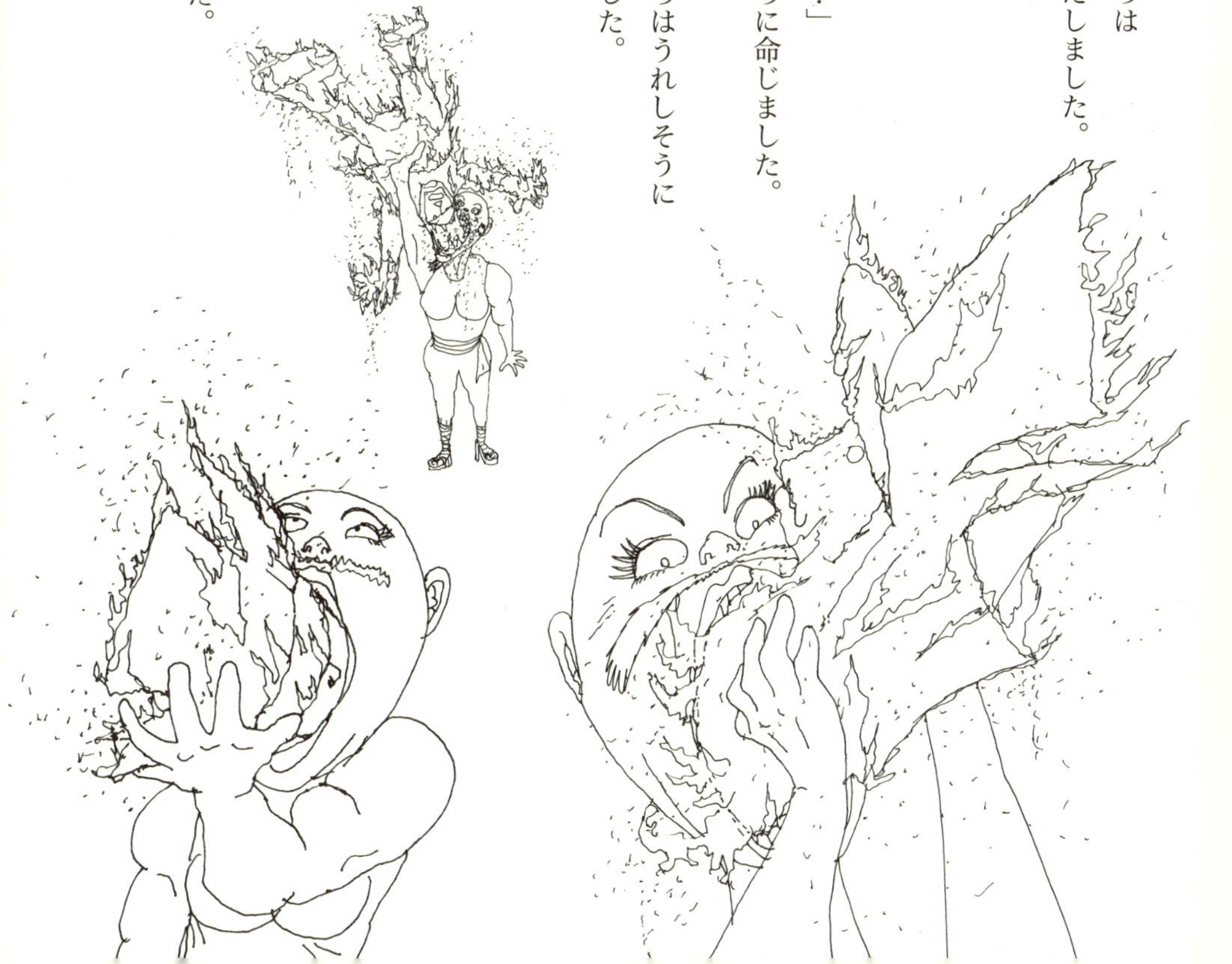

はげ頭でひげづらの美女たちは、
炎の兵を張夫妻のほうに吐きだしました。
「キャ――――」
張夫妻が悲鳴をあげたとたん、
その大口に炎の兵たちが入っていきました。
「？」
たまご和尚はいかだの木をすばやくわり、
張夫妻の口や鼻や耳に栓《せん》をして、

「聖婆々によろしく」

舟にのせ帰しました。


「天国でも地獄でもない宇宙というところへ行く方法がわかった」

たまご和尚がひらめきました。

「どんな？」

「はげ頭でひげづらの美女たちのひげよ、のびろ！」

はげ頭でひげづらの美女たちのひげがのびました。

「いかだをひげの上にのせるんだ。

ひげよ、天国でも地獄でもない
宇宙と呼ばれているところまでのびろ！」

たまご和尚と首と大きい兄をのせたいかだをのせたひげが、
空にのびていきました。

「小鳥よ、じゃまだじゃまだ」

首が叫びました。

「雲のなかに入るぞ」

雲の向こうは青空でした。

「まだまだ遠そうだな」

青空がしだいに暗くなり、

「星だ！」

満天の星空となりました。
「ひげよ、もっとはやくのびろ！」
いかだをのせたひげが
満天の星空に突入しました。
「ここが天国でも地獄でもない
宇宙と呼ばれているところだ」
大きい兄は周囲を見わたしました。
「どうだ、大きい兄、
たしかに退屈そうなところだろ」
大きな兄がうなずき笑いました。
首も笑いました。
「はげ頭でひげづらの美女たちよ、もう許そう。
ひげよ、髪にもどれ！」
たまご和尚が叫びました。

はげ頭でひげづらの美女たちの
のびたひげが空からもどってきて、

「!?」

美しい髪となりました。

「うれしい〰〰〰」

美女たちは楽しそうに海を泳ぎました。

聖婆々は城で悩んでいました。

「毎晩毎晩、

たまご和尚の夢を見るのだ。

たまご和尚に頭をたたかれた夢、

たまご和尚に髪をぬかれた夢、

たまご和尚に耳をひっぱられた夢、

たまご和尚に鼻をねじ曲げられた夢、

たまご和尚に口を裂かれた夢、

たまご和尚に尻をつねられた夢、

たまご和尚に腹を蹴られた夢、

たまご和尚に足の裏を

くすぐられた夢……」

そのとき、

張夫妻がもどってきました。

「なんじゃ、そのかっこうは!?」

聖婆々が張夫妻の口や

鼻や耳の栓を抜いたとたん、

「あっ……」

張夫妻のからだから
炎が飛びだし爆発しました。

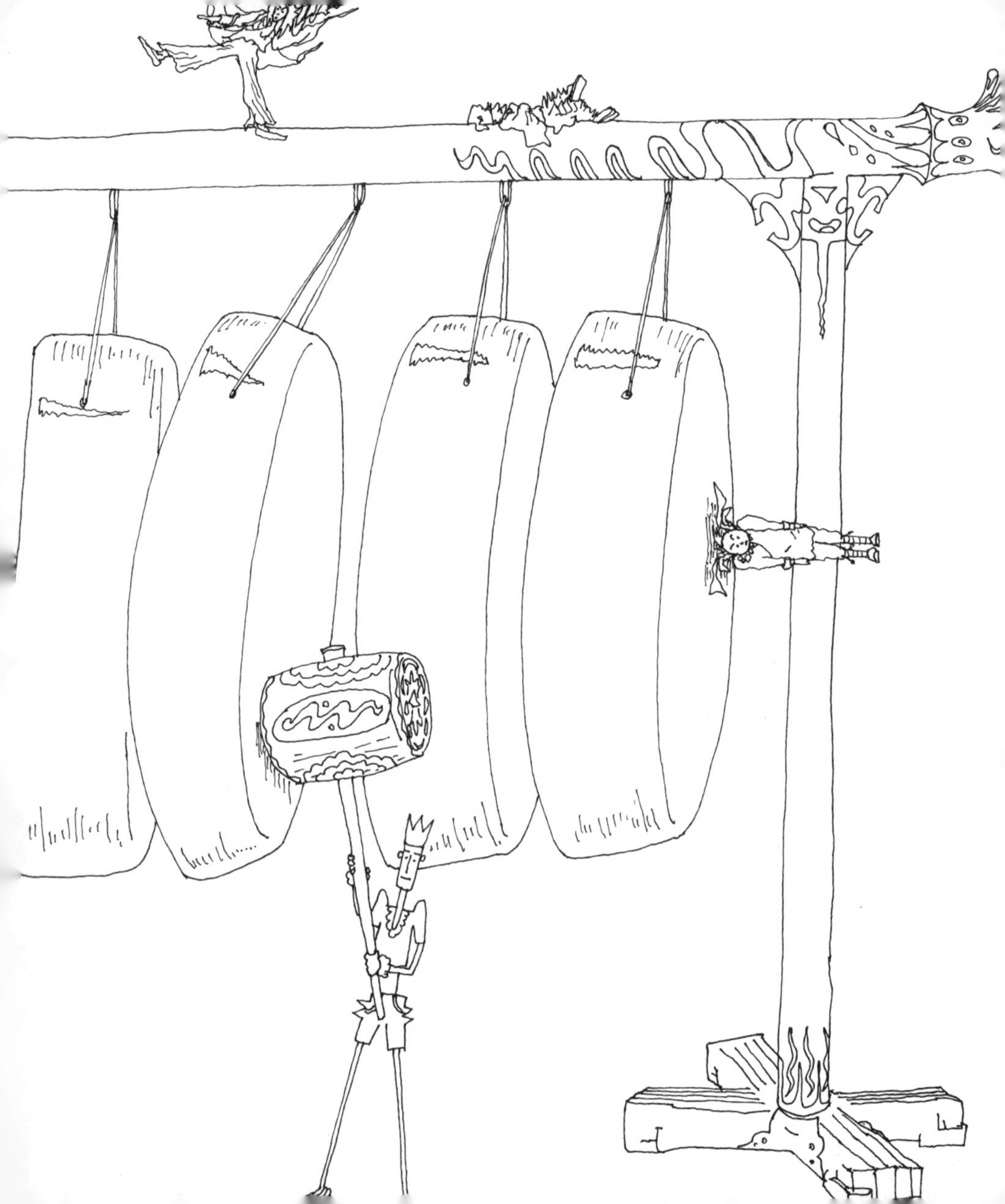

【その十二】

スターウォーズ

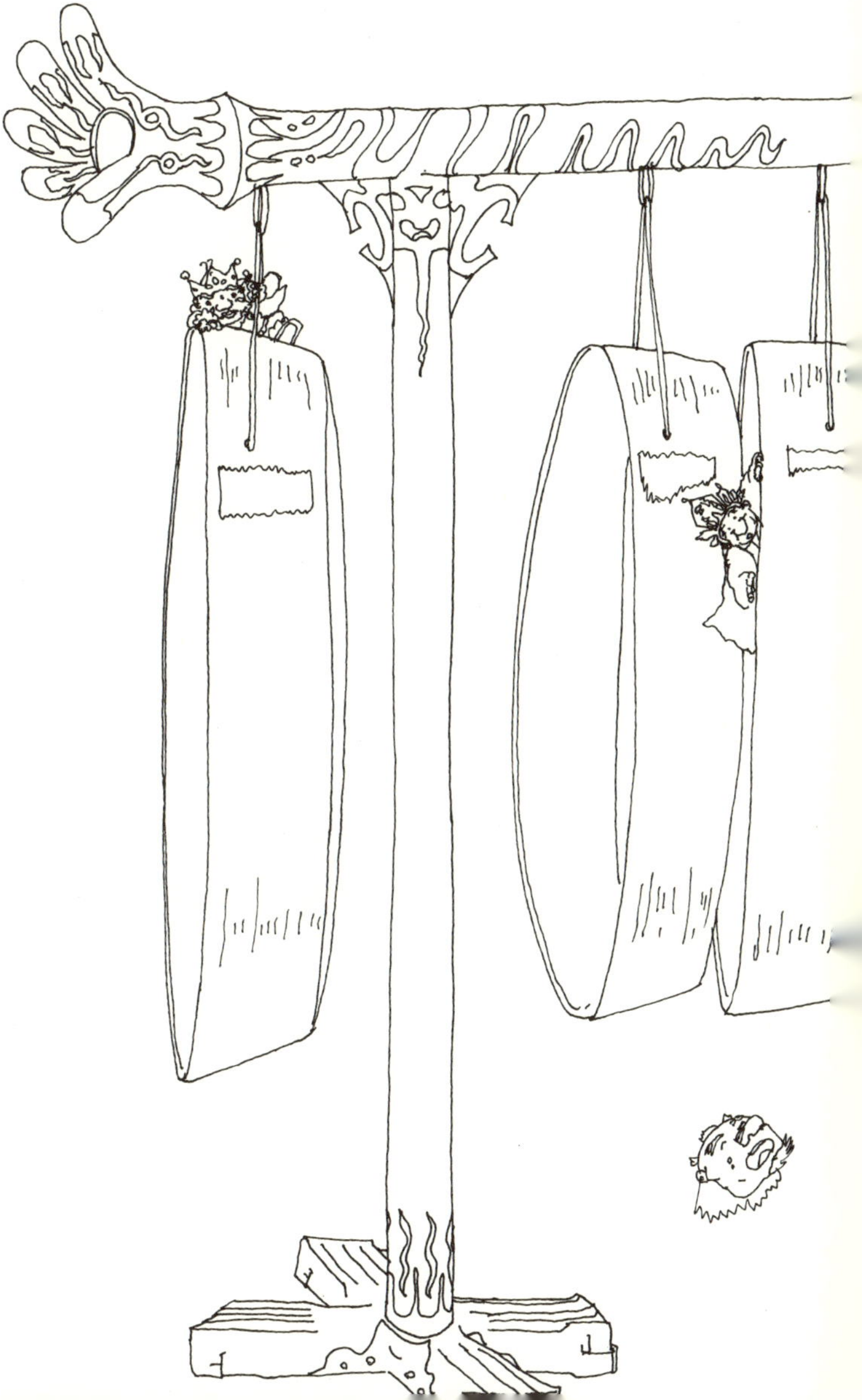

たまご和尚と首と大きな兄は天国でも地獄でもない宇宙と呼ばれるところで流れ星を見ていました。

「流れ星狩りをしよう」

たまご和尚が提案しました。

「流れ星をつかまえてどうするんだ？」

首が不思議がりました。

「流れ星を飼うんだ」

「飼ってどうする？」

「大きく育てて……」

「育てて？」

「この退屈な天国でも地獄でもない宇宙と呼ばれるところを旅しよう」

「おもしろそうだ」

たまご和尚が大きな網を持って待ちかまえました。

「来た」

流れ星が飛んできました。

「いまだ！」

たまご和尚がすばやく

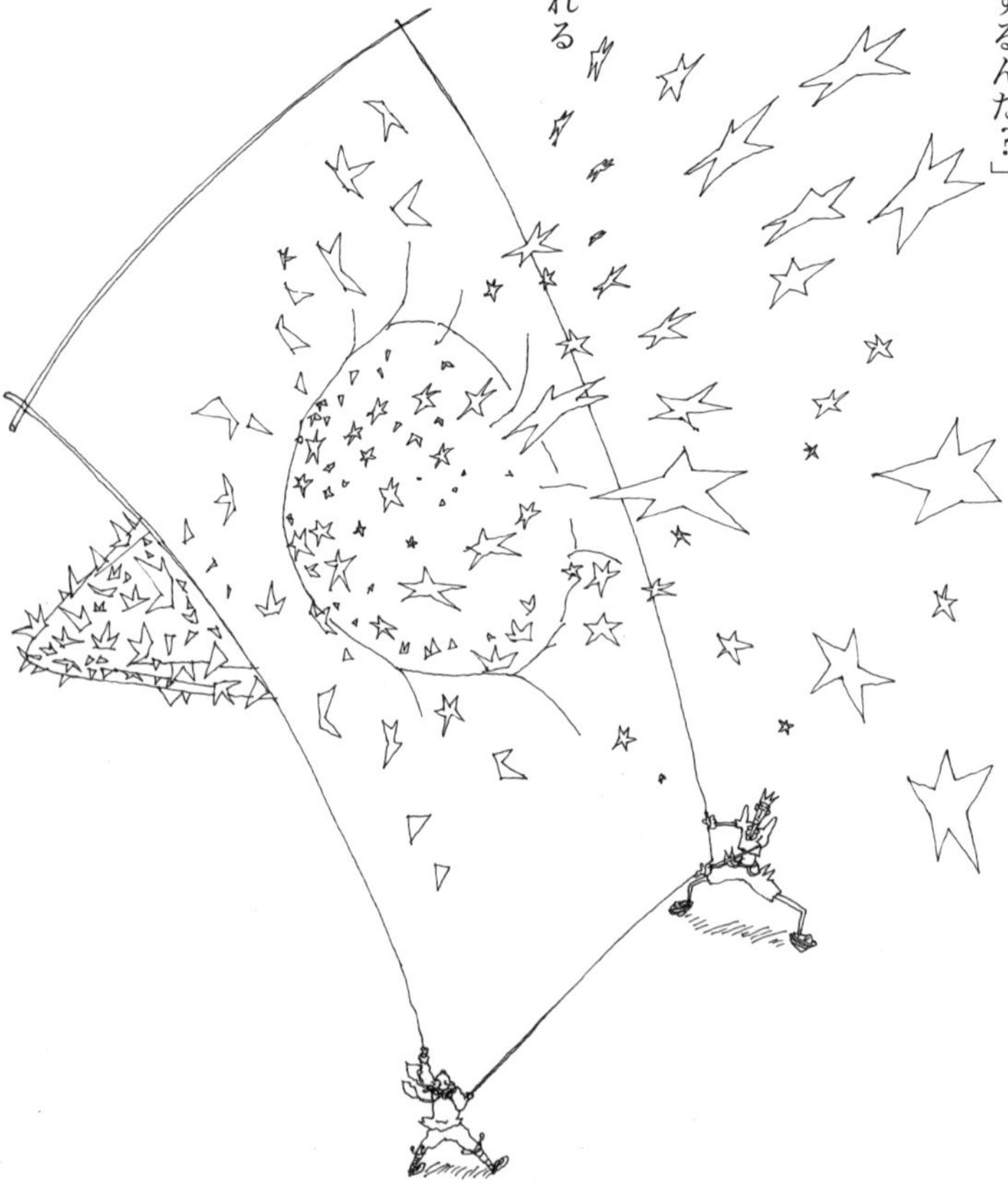

大きな網で流れ星をとらえました。

「この流れ星、ぜんぜん光ってないぞ」

首があやしがり、

「光らないばかりか、老けてないか？」

「老けてる流れ星？」

その瞬間、老けてる流れ星から煙が発生して、
聖婆々に変身しました。

「ゴホンゴホン」

聖婆々は自分の術で発生した煙にむせました。

「聖婆々？」

たまご和尚が聖婆々の背中をあわててさすりました。

「ありがとう」

「こんなところまでなにしに来た？」

たまご和尚が聞いたとたん、

「なにしに来たとはなんじゃ!!」

聖婆々がおこりました。

「たまご和尚、おまえが仕掛けた
張夫妻の爆発で
城がくずれてしまったわい」

「それは悪かった」

たまご和尚は素直にあやまりました。

「城ばかりか、ようやく手に入れ治めていた国まで滅びてしまったわい」

聖婆々が泣きだしました。

「それは同情する。大きな兄、〝同情の歌〟を……」

大きい兄が歌いだしました。

〽美しい同情
私は愛情より友情より同情が好きだ
美しい同情
私は同情されたい、同情したい

大きい兄が歌いながら踊ろうとしたとき、

「もういい！」

聖婆々が叫びました。

「大きい兄、もういいそうだ」

大きい兄が歌うのをやめました。

「おまえたち、おもしろがっているな！」

聖婆々のいかりはますます激しくなり、

「たまご和尚！」

「なんだ？」

「よくも城をくずしたな！」

たまご和尚を攻撃しました。

「大きい兄、たまご和尚をたすけるんだ」

首が命じましたが、

「これは俺と聖婆々、一対一の勝負だ」

たまご和尚は大きい兄をとめ、
聖婆々の攻撃をかわしました。

「よくも国を滅ぼしたな！」

聖婆々が攻撃しました。

「いずれ滅ぶ国だったのよ」

たまご和尚がかわしました。

「よくも張夫妻を爆発させたな！」

攻撃しました。

「だから悪いとあやまっているだろ」

かわしました。

「よくも駄駄を殺したな！」

攻撃しました。

「駄駄も俺を殺そうとしたんだ」

かわしました。

「よくも美美を殺したな！」

攻撃しました。

「美美はまだ生きている」

かわしました。

「？」

聖婆々の攻撃がとまりました。

「ホッ」

たまご和尚がひと息入れました。

「たまご和尚」

「なんだ、聖婆々」

「それはそれとして、
よくもわしを寝不足にしてくれたな！」

「えっ？」

「毎夜、わしの夢にたまご和尚があらわれて、
わしをいじめる……」

「それで寝不足に？」

「城も国も失ったいま、わしは安眠したい」

「わかった。安眠させてやろう」

「ほんとうか？」

「すこし痛いぞ」

「かまわん」

「聖婆々、俺を憎んでいるか？」

「あたりまえじゃ」

「もっと憎め」

「もっと憎んだ」

聖婆々がたまご和尚をにらみました。

「大いなる憎しみを爆発に変える術！」

たまご和尚が術をかけたとたん、

「痛い」

聖婆々は痛がりましたが、

「しかし安眠できそうじゃ」

ほほえみを浮かべ花火のように爆発しました。

「聖婆々らしいみごとな散りぎわだ」

たまご和尚は拍手しました。

「……」

首がうなずいて、

「……」

大きな兄も拍手したとき、

「うるせえ――」

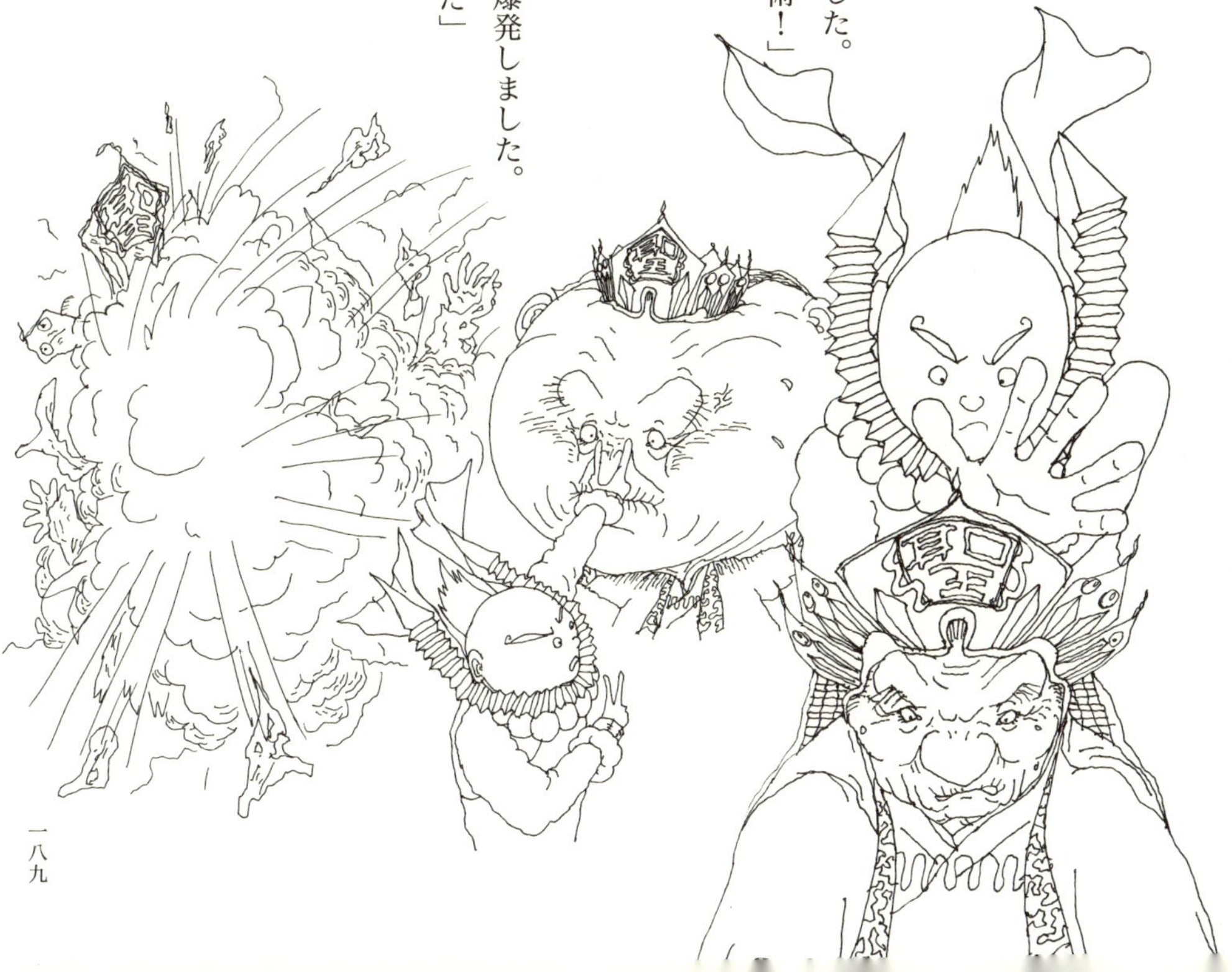

天国でも地獄でもない

宇宙と呼ばれるところからどなり声が聞こえました。

「だれだ！」

首が周囲を見わたすと、

「俺だ」

星が飛んできて、

「こんな静かなところであんな大きな音をさせやがって、迷惑じゃないか！」

抗議しました。

「俺たちが悪かった」

たまご和尚があやまりました。

「あやまればいいってもんじゃないだろ」

「じゃあどうすればいいんだ？」

首が聞くと、

「どうするもこうするも……ウ〰〰」

星が考えました。

「どうすればいいんだ？」

たまご和尚も聞きました。

「ム〰〰〰」

星は悩んで、

「ク〜〜〜〜〜〜」

苦悩して、
いびきをかいて眠ってしまいました。

「グ〜」

「ばか！」

たまご和尚は星をなぐりました。

星は泣きだし帰っていきました。

「ウェ〜〜〜ン」

「なに考えてんだ、あの星？」

たまご和尚は見おくりました。

「なにも考えてない」

首と大きな兄がつぶやいたとき、

「なにも考えてなくて悪かったな」

星がもどってきました。

「帰れ、帰れ、帰らないと」

たまご和尚が拳《こぶし》をふりあげると、

「とうちゃん、またこいつがなぐろうとするーっ」

星が叫びました。

「コラ―――」

大量の星が飛んできました。

「なっ、なんだ、なんだ！」

首はあわてました。

「どうやら俺たち、天国でも地獄でもない
宇宙と呼ばれるところの星たちを
敵にまわしてしまったようだ」

「どうする？」

「戦うしかないだろ」

たまご和尚と首と大きい兄は来襲《らいしゅう》する星たちと戦いました。

「星の数が多すぎる」

首がぼやきました。

「まったくだ。とりあえず月のかげにかくれよう」

たまご和尚、首、大きい兄は月のかげにかくれました。

「どこへ行った⁉」

大量の星たちが月の前を通りすぎました。

「このままでは
いずれ見つかってしまう」

「たまご和尚……」

「聖婆々を生き返らせよう」

「エッ⁉」

首が驚き、

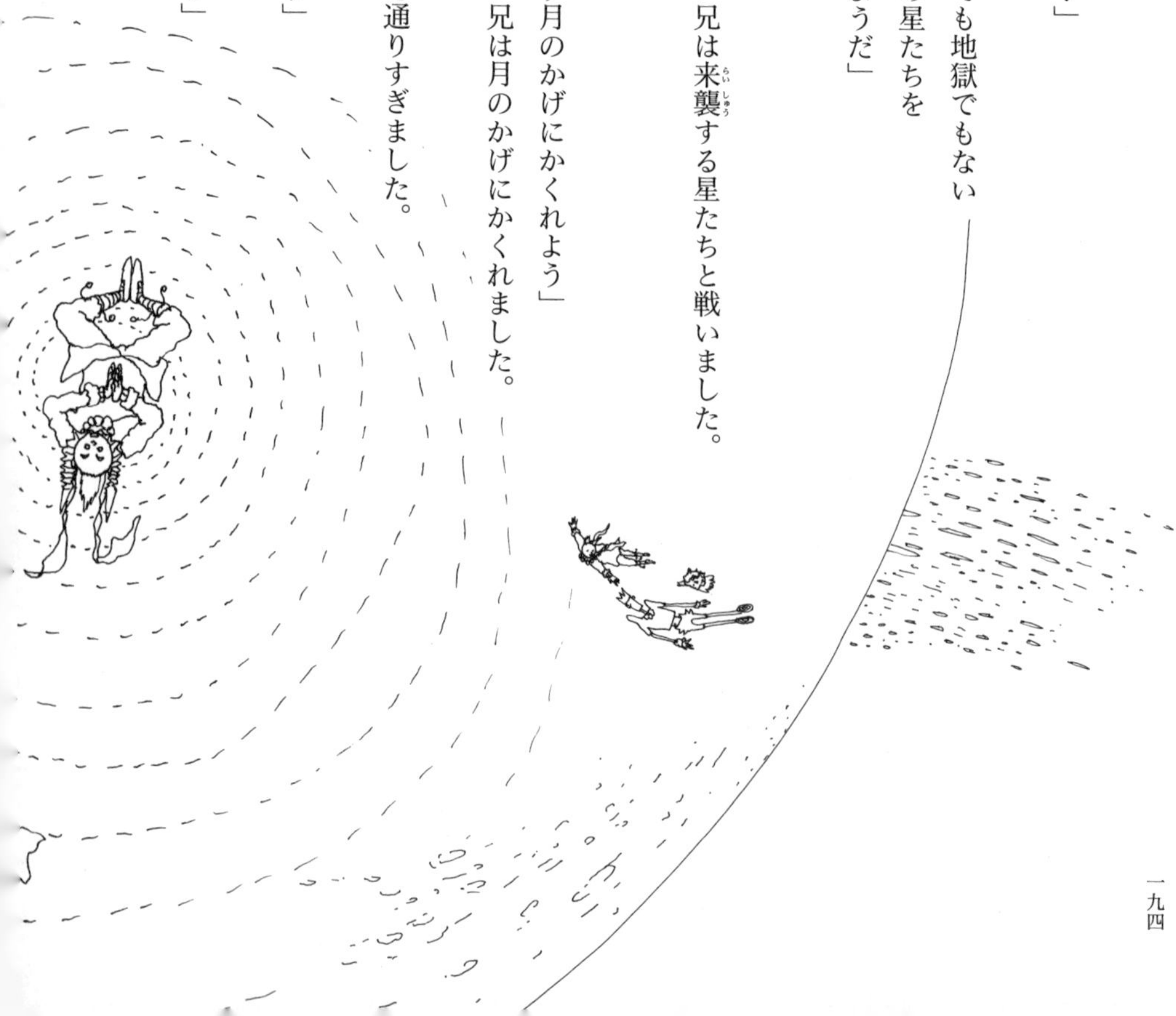

「そんなことできるのか？」

「できる」

たまご和尚が、

「つゅじるえかにつはくばをみしくになるないおお！」

術をかけた瞬間、天国でも地獄でもない
宇宙と呼ばれるところに散った聖婆々が、
逆花火になって復活しました。

「いまさらなんじゃ」

たまご和尚を探す大量の星たちを指して、

「聖婆々、あの星たちに追われている。たすけてくれ」

「……」

聖婆々がすこし考え、

「逃げるしかないな」

「どこへ？」

「わしらがいた星」

「俺たちは星にいたのか？」

たまご和尚は不思議がりました。

「あそこじゃ」

聖婆々が青くて
大きな美しい半球を指しました。

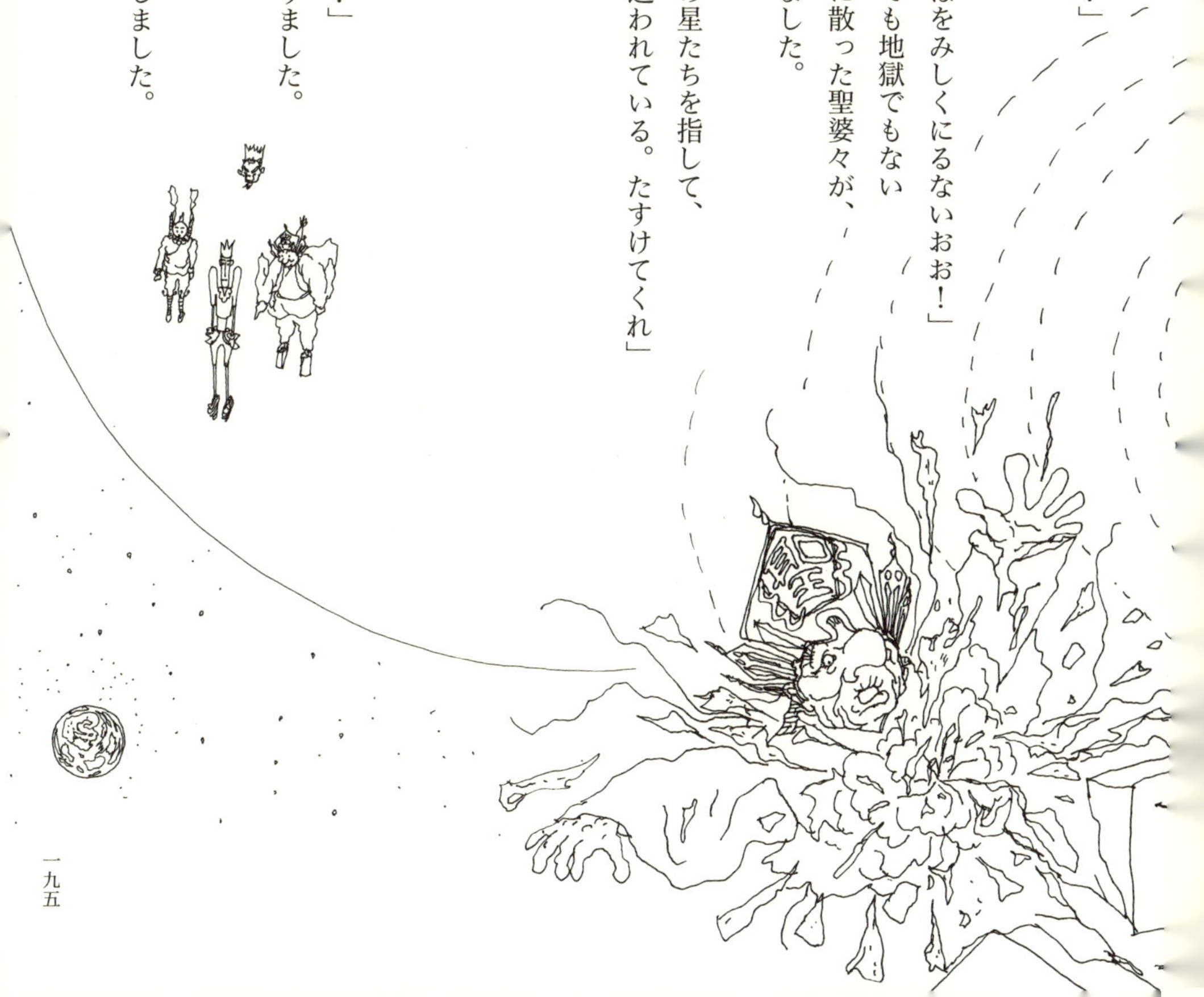

【その十二】

星《ほし》よりキラキラなもの

夜空からたまご和尚、
首、大きい兄、
聖婆々が
海に落ちてきました。
「わしは泳げぬ」
聖婆々が
おぼれていました。
「だまれ」
首が聖婆々の頭にのり、
「あっぷ……」
海中に沈めました。
「星たちがまだ追ってくる」
たまご和尚が見あげた
夜空から
大量の星たちが
向かってきました。
「海のなかへ逃げよう」
たまご和尚、首、大きい兄が
海にもぐりました。
「海のなかにかくれたぞー」

星たちも海中へ突入しました。

「あいつらはどこだ?」

星たちが海のなかを探しました。

「あっ?」

大きな鯨が眠っていました。

「あんなやつに

食べられちゃかなわん」

星たちはあわてて

海の上へ逃げていきました。

たまご和尚と首と大きな兄と

聖婆々は鯨の腹のなかに

かくれていました。

「どうして俺たちをここまで

追ってきたんだろう?」

たまご和尚は悩みました。

「おまえたちが星たちの

静かな暮らしをじゃましたからじゃ」

聖婆々が答えました。

「俺もそう思う」

首がうなずきました。

「めずらしく意見があったのう」

聖婆々が首を抱きしめました。

「やめろ！　聖婆々！」

首があわてて聖婆々の胸から飛びだしたとき、

「あっ、鯨が動きだしたぞ！」

鯨の腹のなかが大きくゆれました。

大きな鯨が海面に出て
潮《しお》を吹きあげました。
「あ――――」
同時にたまご和尚、首、大きい兄、
聖婆々も吹きだされました。
星たちが山の向こうに

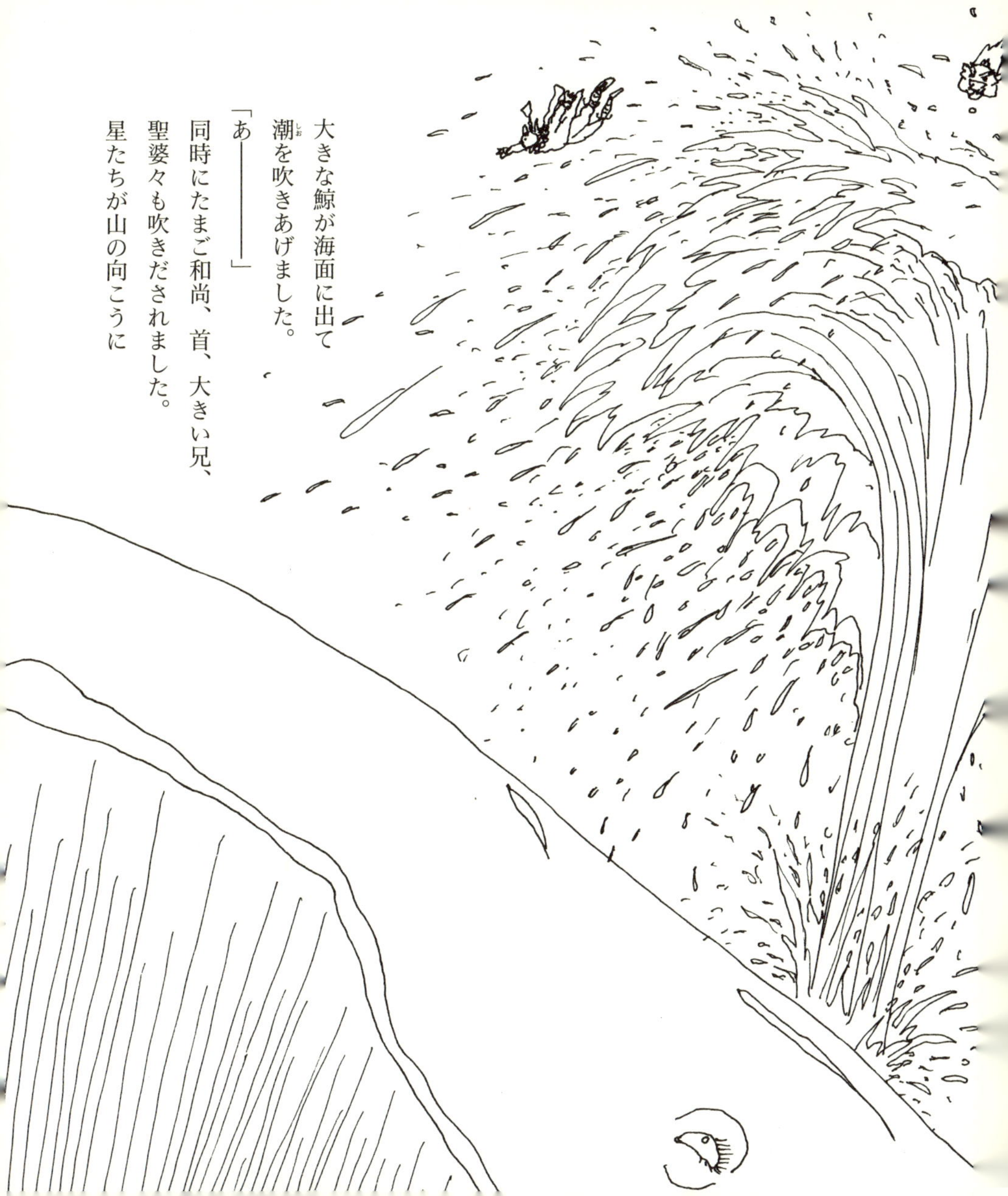

去っていくのが見えました。

「わしは泳げない」

聖婆々がうきわがわりに
首につかまりました。

「はなせ、聖婆々！」

「あっ、雨？」

たまご和尚の頭に雨が
ひとつぶ降ってきました。

「いや」

月の涙でした。

「月が泣いている」

「ひとりぼっちはさびしい……」

星たちがいなくなった夜空で
月が泣いていました。

たまご和尚たちは
浜辺で焚火《たきび》をして
衣をかわかしました。

「聖婆々、おまえは脱ぐな」

首がとめたとき、

「私の悩みをお聞きください」

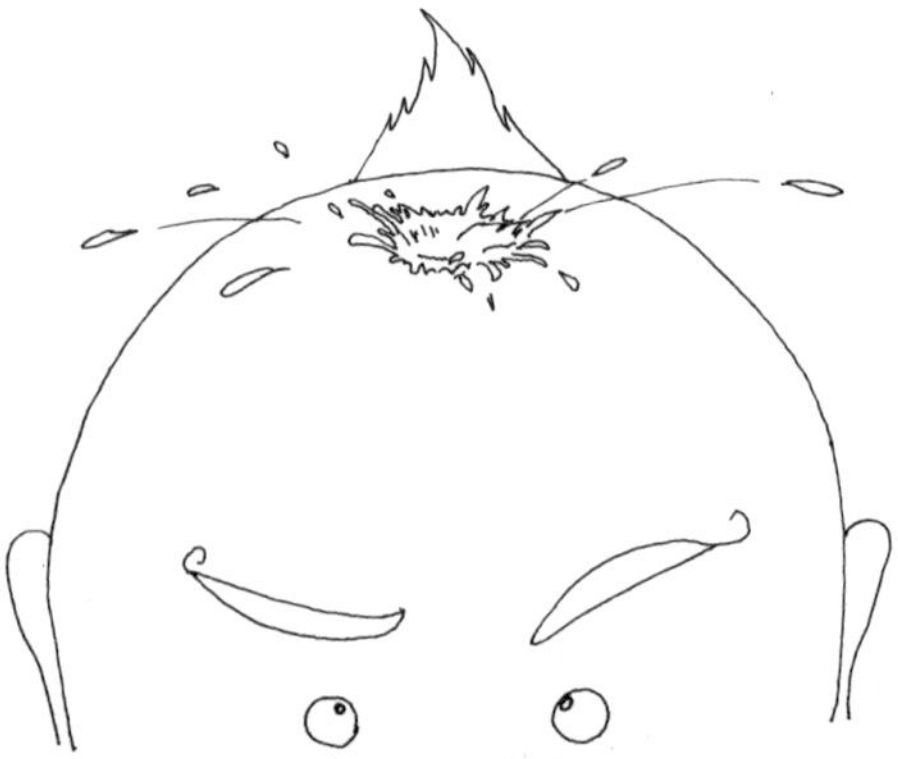

老人がたおれこむように
やってきました。
「あなたは？」
「村の長老です」
「なにをお悩みに？」
「星たちが村でいたずらをして
困っております」
「あいつら、どんないたずらを？」
「村のある娘は
星に尻をさわられました。
ある娘は
風呂に入っているところを
のぞかれました。
ある娘はうしろから抱きつかれました。
ある娘は……」
「もういい。
あの星たちが
そんなに助平《すけべえ》だったとは……。
どう思う？」
聖婆々に問いましたが、

「ん？」

姿がありませんでした。

「首もいない」

首は聖婆々に追われ森を
逃げまわっていました。
「首よ、どうやらわしは
おまえに恋を
してしまったようじゃ」
「聖婆々、冗談はよせ」
「冗談で恋はできぬ。
こんなきもちははじめてじゃ。
いままでのは恋では
なかったのかもしれぬ。
すると首、
おまえがわしの初恋……」
「考えただけでも
ぐあいがわるくなる」
そのとき、
「首、静かに」

聖婆々が立ちどまりました。

「ん？」

首も立ちどまりました。

「岩の向こうにだれかいる？」

聖婆々と首は
岩かげからのぞきました。

「あっ」

ふたつの星が温泉につかっていました。

「俺たちのいる宇宙は退屈すぎる」
「たしかに」
「それにひきかえ
この星は楽しそうだ」
「たしかに」
「娘はかわいい」
「たしかに」
「食べ物もうまい」
「たしかに」
「景色も美しい」
「たしかに」

「温泉もきもちいい」

「たしかに」

「この星に住もう」


「私だって正直な話……」

「正直な話？」

「村の娘の尻をさわりたい！

風呂をのぞきたい！

うしろから
抱きつきたい！」

村の長老は
興奮して悶《もだ》えました。

「長老……」

たまご和尚が
口をはさもうとしましたが、
大きい兄がとめました。

「大きい兄？」

大きい兄がほほえんでいました。

「そうだな。楽しそうだ。

このままにしてあげよう」

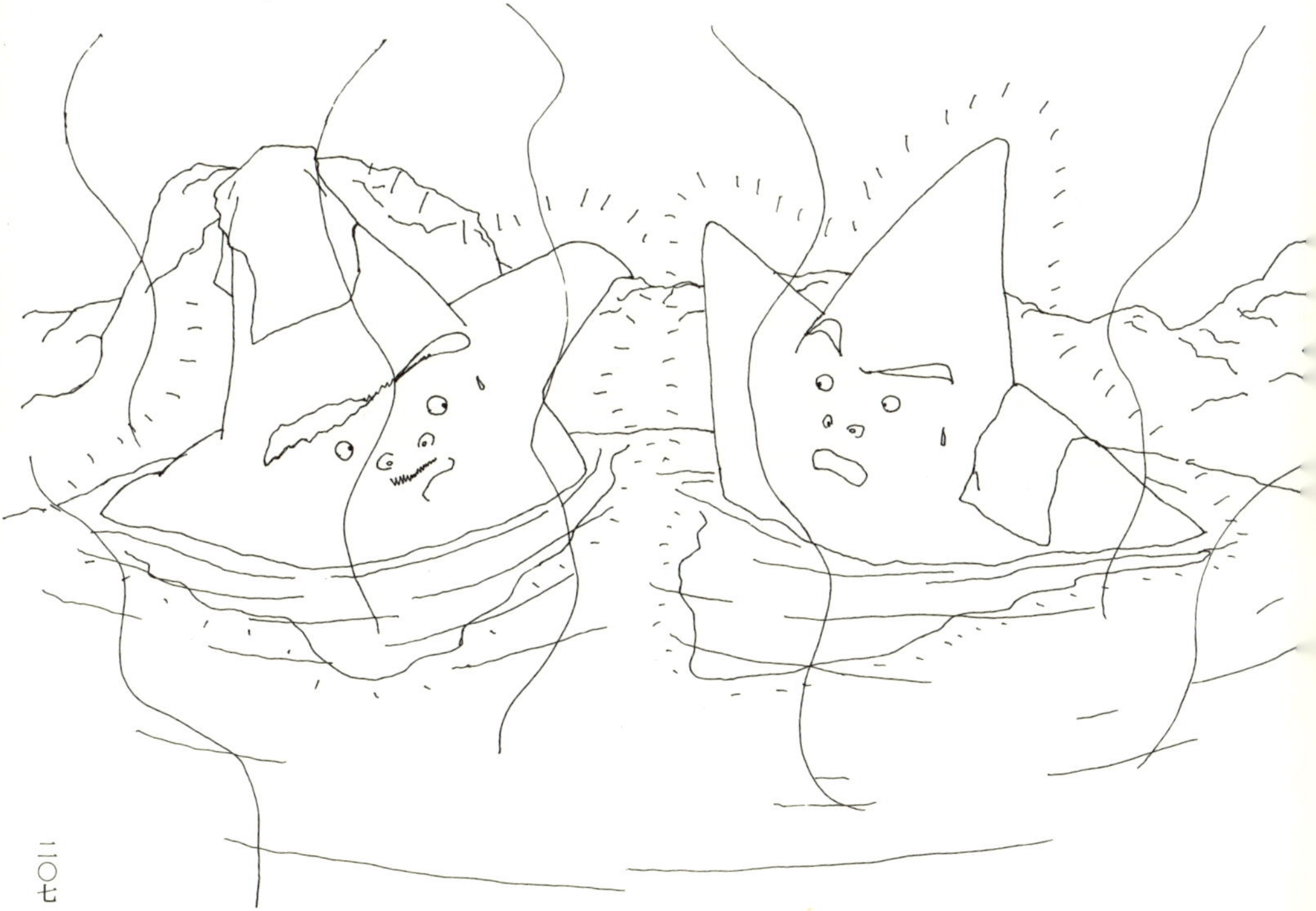

たまご和尚と大きい兄は、
悶える村の長老をみつめていました。

「たまご和尚！」
首と聖婆々があわてて
帰ってきました。
「たいへんだ⁉」
首と聖婆々は、
温泉に入っていた
ふたりの星の話を伝えました。
「星たちを天国でも地獄でもない
宇宙と呼ばれるところへ
帰さなくては……」
たまご和尚は決意しました。
「その方法は？」
「ない」
「えっ⁉」
「『天書の道法』にも
『天書の道法の裏本』にも
〝星を夜空に帰す術〟はない」

「ではどうやって?」
「白猿神なら
知っているかもしれない」
たまご和尚は
小石を拾って目を閉じ、
真っ黒な夜空に投げつけました。
「イタッ」
真っ黒な夜空から
白猿神の霊が
落ちてきました。
「白猿神の霊よ、
〝星を夜空に帰す術〟を教えてくれ」
「そんなもの知るか」
白猿神は小石があたった
頭をおさえておこっていました。
「星たちが
この星に住もうとしている」
「くさくてきたなくなるこの星に?」
「この星は
くさくてきたなくなるのか?」

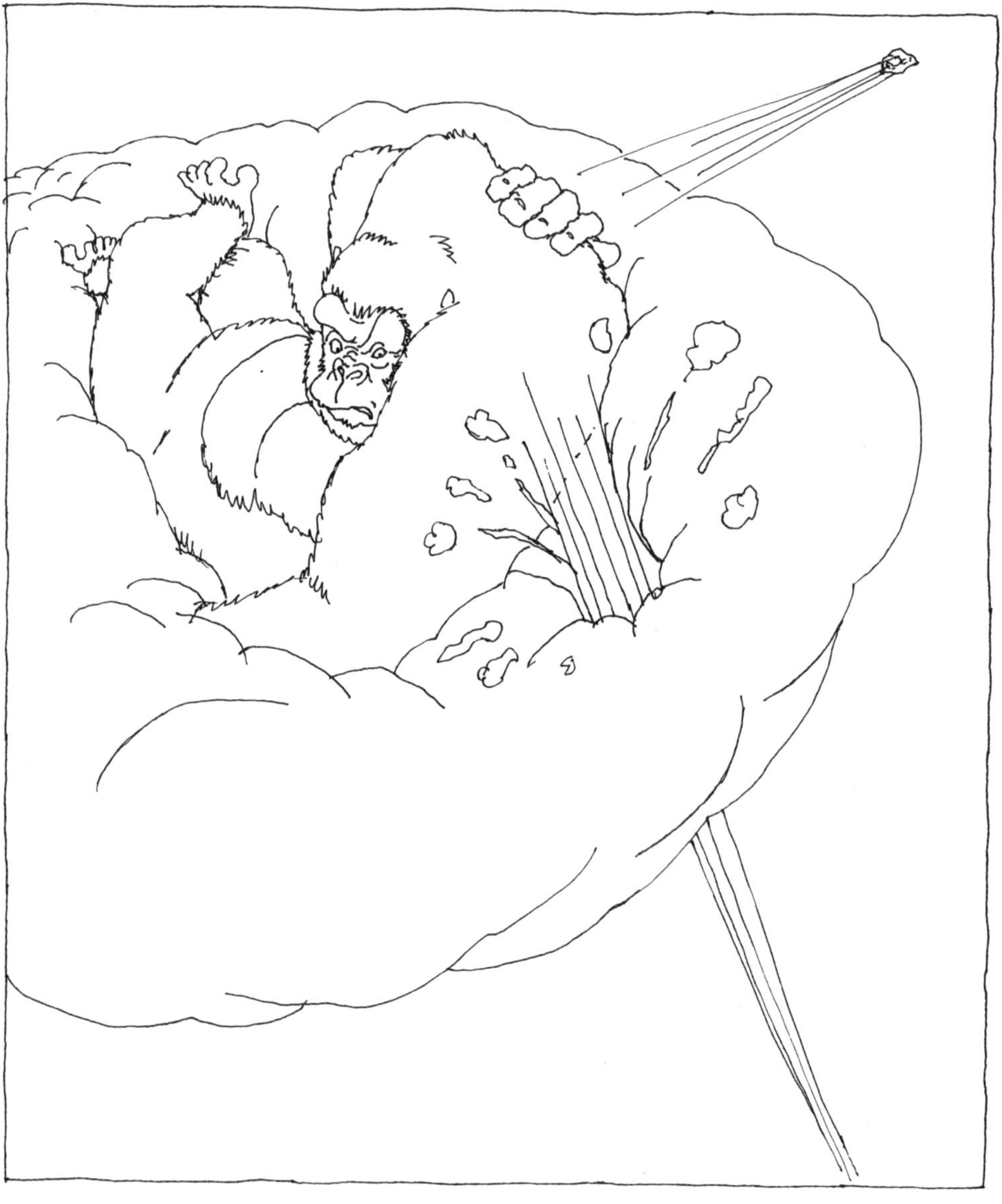

「なる」
「なぜわかる？」
「見てきた」
「？」
「天国でも地獄でもない
宇宙と呼ばれるところを
さまよっていたら、
五千年先の世に行ってしまった」
「五千年先の世がくさくて
きたなかったというのか？」
「そうだ」
「よしっ、
五千年先のこの星がくさくて
きたなくなることを
あの星たちに教えてやろう」
たまご和尚が言いました。

山の頂上で星たちが宴《うたげ》を開いていました。

「今宵《こよい》は無《ぶ》礼《れい》講《こう》だ」

星たちは

ピカピカ光っていました。

「星たちよ」

たまご和尚があらわれました。

「この星は五千年先、くさくてきたなくなる」

「それがどうした？」

「だから帰れ」

「俺たち星は、光らない下品なやつらからの
指図《さしず》は受けない。帰れ！　帰れ！」

星たちの大合唱に、たまご和尚は吹きとばされました。

「わ――――」

「あ、たまご和尚がもどってくる」
たまご和尚が山の頂上から飛んできました。
「首、大きい兄、東の海へ行って
美美のキラキラを集めてきてくれ」

首と大きい兄が東の海でキラキラを拾い集めました。


星たちは宴に疲れ眠っていました。

「星たちよ」

たまご和尚が美美のキラキラを輝かせながらあらわれました。

「あっ⁉」

星たちは目を奪われました。

「俺たちよりまぶしい」

「この星は五千年先、くさくてきたなくなる。ただちに天国でも地獄でもないところへ帰りなさい」

星たちがざわめきました。

「それは脅迫《きょうはく》か！」

「いえ、予言です」

星たちはいっせいに真っ黒な夜空に向かって飛んでいきました。

「星たちがもどった！」

首、大きい兄、聖婆々、白猿神の霊が木かげから出てきました。

「月も喜んでいる」

満天の星空の中で月が笑っていました。

「腹がへった」

たまご和尚は空腹に気がつきました。

「おいしい料理を食べさせる店が湖畔にあった」

聖婆々が思いだしました。

「小さい弟の店だ」

首が教えました。

「食べにいこう」

たまご和尚のまわりで
美美のキラキラが
輝いていました。

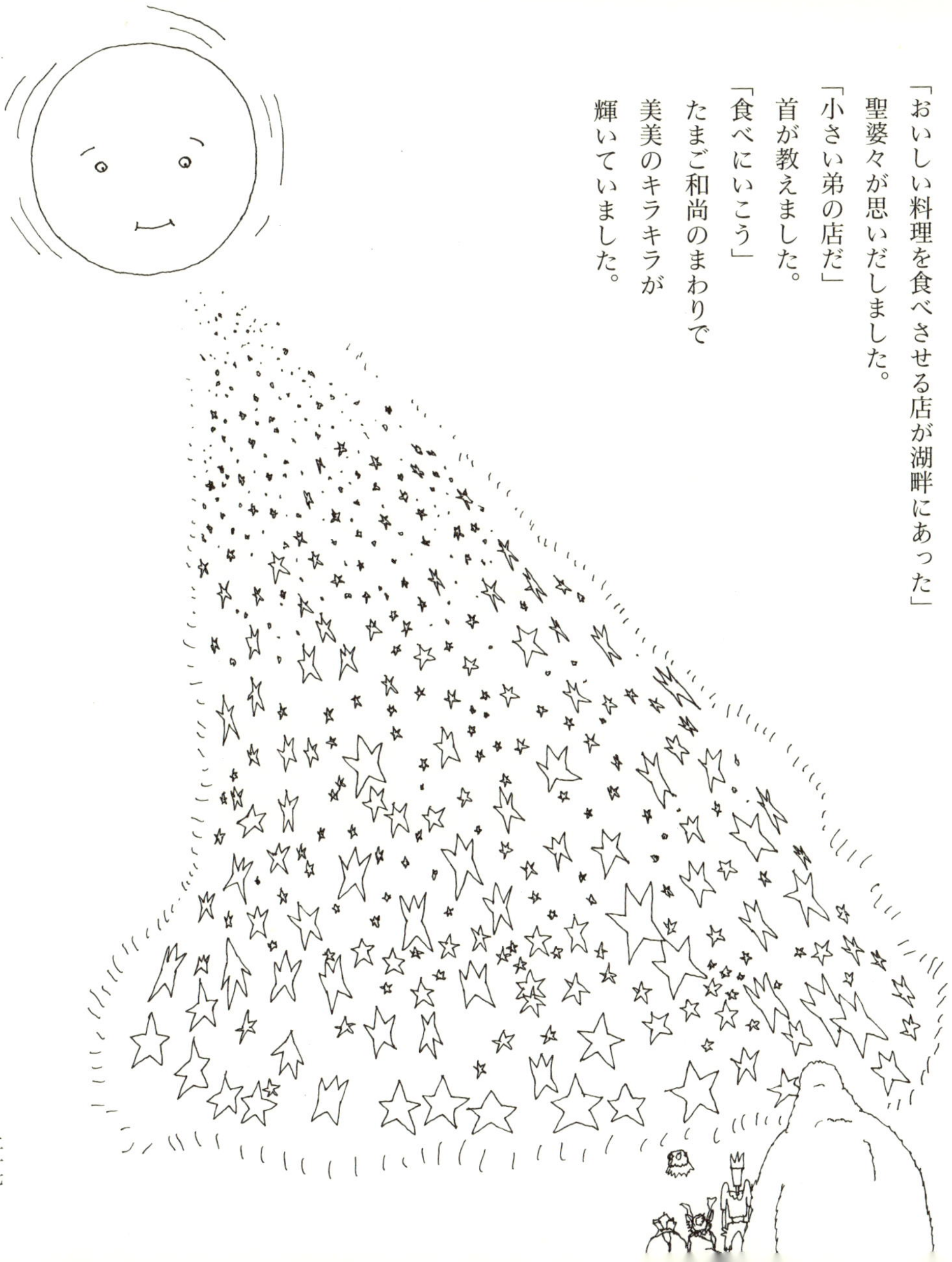

エピローグ

小さな弟が
おいしいカニとタマゴの料理を作ってくれました。

たまご和尚、首、大きな兄、
聖婆々がきそって食べました。

「もうこれ以上、食べられない」

満腹のたまご和尚は店を出ました。

湖のほとりに立つと、その姿が湖面に映りました。

「……」

湖に映ったたまご和尚の姿に
駝鳥《だちょう》の姿が重なりました。

「かあさん」

たまご和尚は思わず小さくつぶやき、ふりかえりました。

「……」

だれもいませんでした。

完

本書は中国の古典「平妖伝」を翻案したものです。

浦沢義雄

放送作家を経てＴＶアニメ「ルパン三世 PART2」で脚本家デビュー。「ペットントン」「勝手に！カミタマン」「魔法少女ちゅうかなぱいぱい！」「美少女仮面ポワトリン」「うたう！大龍宮城」「忍たま乱太郎」など数多くの脚本を手がける。

タムラノボル

「ひらけ！ポンキッキ」「ポンキッキーズ」のキャラクターデザインや、映画・テレビの特殊美術を幅広く手がける。セサミストリートの創始者、ジム・ヘンソンのクリーチャー・ショップにも参加。

たまご和尚

発　行　二〇〇三年六月十二日　初版第一刷発行

著　者　浦沢義雄
　　　　タムラノボル

装　幀　白石良一
　　　　井崎亜美（白石デザインオフィス）

発行者　孫　家邦

発行所　株式会社リトル・モア
　　　　〒一〇七—〇〇六二
　　　　東京都港区南青山三—三—二四
　　　　電　話　〇三—三四〇一—一〇四二
　　　　FAX　〇三—三四〇一—一〇五二

印刷・製本所　凸版印刷株式会社

Printed in Japan　ISBN4-89815-086-1 C0093
定価はカバーに表示してあります。